光文社古典新訳文庫

オルラ／オリーヴ園　モーパッサン傑作選

モーパッサン

太田浩一訳

kobunsha classics

光文社

Title : LE HORLA/LE CHAMP D'OLIVIERS
1887 ／ 1890
Author : Guy de Maupassant

『オルラ／オリーヴ園　モーパッサン傑作選』目次

オルラ／オリーヴ園

Guy de Maupassant

ラテン語問題

LA QUESTION DU LATIN

ちかごろ、喧々囂々《けんけんごうごう》たる論議を巻きおこしている例のラテン語問題[1]のおかげで、あるできごとを、若き日のあるできごとを思いだした。そのころぼくは、フランス中部の大きな町の寄宿学校で学業を終えようとしていた。ロビノー学院といって、ラテン語教育に力を入れていることで、その地方でも評判を呼んでいた。

十年ほどまえから、ロビノー学院はあらゆるコンクールで、町の国立高等中学校《リセ・アンペリアル》や郡立の高等中学校《コレージュ》をことごとくうち負かしてきた。つねに好成績をおさめてきたのは、ひとりの自習監督、そう、たんなる自習監督のおかげなのである。ピクダン氏という人物で、もっぱらピクダンのおやじと呼ばれていた。

白髪《しらが》まじりの中年男で、年齢はよくわからないが、その経歴となると容易に見当がついた。二十歳かそこらでどこかの学校の自習監督になり、まず文学の学士号を、それから博士号の取得を目ざして学業をつづけたのであるが、そうしたあじけない生活から抜けだすことができず、けっきょく自習監督のままで通すことになったようだ。

とはいえ、ラテン語にたいする愛情は失せることがなく、まるで、身体をむしばむ情熱さながらにピクダンにつきまとった。偏執狂のようにねばり強く詩人、散文家、歴史家の作品を読んでは、それらを解釈し、精読し、注釈をほどこした。

ある日、ピクダンはふと思いたって、生徒全員にもっぱらラテン語で答えさせることにした。そして、教師とのやりとりをフランス語と同じようにラテン語でできるようになるまで、その決意を変えなかった。

あたかも、オーケストラの指揮者が音楽家一人ひとりの演奏に耳をかたむけるように、生徒たちの会話にじっと聴き入り、ひっきりなしに定規で机を叩きながら、

1　一八八五年、ラウル・フラリーの著した『ラテン語問題』によって、言語教育にかんする論争が活発化した。フラリーは、中等教育においては、ラテン語のような死語よりも現用言語の教育に多くの時間を割くべきであると主張し、大きな反響を呼んだ。この短篇の発表された一八八六年当時でも、この種の論争が新聞・雑誌をにぎわしていた。

「ルフレールくん、ルフレールくん、文法上のあやまりを犯しているね。規則を忘れたのかな?」

「プランテルくん、きみの言いまわしはいかにもフランス語的で、まったくラテン語らしくない。言語の特質というものを理解しなければいけないよ。いいかね、まあ聞きたまえ……」

さて、ある年の終わりのこと、ロビノー学院の生徒がラテン語の作文、訳読、スピーチの、すべての賞を獲得する快挙をなしとげた。

校長は猿のようにずる賢く、おかしなしかめっ面もこれまた猿そっくりの小男だったが、翌年、以下のような文句を授業計画書や広告に印刷させ、学院の門前にも同じ文句を掲げた。

《ラテン語教育の専門校。――国立高等中学校《リセ・アンペリアル》五学年において、最優秀賞五つを獲得。

フランスの国立高等中学校《リセ・アンペリアル》および高等中学校《コレージュ》でおこなわれた全国学力コンクールでは、名誉賞二つを獲得》

十年間、ロビノー学院はこのように赫々《かっかく》たる実績をあげてきた。そんなわけで、ほくの父親もそうした成功を聞きつけ、ぼくを通学生としてロビノー学院へかよわせることにした。ぼくらがロビネットとか、ロビネッティーノと呼んでいたこの学校で、ピクダンのおやじから一時間五フラン［約五千円］で個人教授をしてもらうことになった。このうち、自習監督の取分は二フランで、残りの三フランは校長の懐《ふところ》に入った。

個人教授は往来に面した小さな部屋でおこなわれた。ある日、ピクダンのおやじはいつものようにラテン語で話さず、フランス語で人生の悲哀を語った。両親も友人もいないこの気の毒な男は、ぼくをかわいがってくれ、自身のみじめな暮らしぶりをつつみ隠さず話した。

十年か十五年くらいまえから、いちども誰かと一対一で話したことがなかったらしい。

「わたしは砂漠のなかの一本の楢《なら》の木のようなものだ」そう言って、「*Sicut quercus in solitudine*」とラテン語でくり返したこともある。

ピクダンのおやじはほかの自習監督から嫌われていたし、この町に知り合いもいなかった。そもそも人と交際する自由な時間がなかったのだ。

「夜だってそうだからね、きみ、いちばん耐えがたい時間だよ。家具だとか、本だとか、他人が手を触れることのできない自分だけの品物なんかが揃った部屋を持つことが、わたしの夢なんだ。ところがどうだ、わたしにはなにもない。ズボンとフロックコートくらいで、寝具にしたって、わたしのものじゃない。ここへ授業をしに来るとき以外は、ひとりでくつろげる部屋すらない。わかるかね、きみ、考えごとをしたり、わが身をかえりみたり、勉強したり、夢想したりするためには、どこでもいい、ひとりきりになる場所が必要なんだ。ところが、そうした権利も、そんな暇もないまま一生を終える人間もいる。わたしのようにね。ああ、鍵がひとつあればいい。自分で開け閉めできるドアの鍵が。それこそが幸福というものじゃないか、そうとも、唯一の幸福だ。

ここでは、日中は騒々しいわんぱくどもの勉強をみなければならないし、夜は夜で、大寝室で例のわんぱくたちがぐうぐういびきをかいているかたわらで過ごすんだ。二列にならんだ悪童どものベッドの端に共同のベッドがあって、わたしはいつもそこに寝て、監視をしなければならない。だから、決してひとりになることはできないというわけだ、かたときもね。外出したところで、通りには人があふれているだろう。歩き疲れてカフェに入れば、そこも煙草をふかしたり、ビリヤードで遊ぶ連中でいっぱいだ。まるで徒刑場に送られたような暮らしだよ」

ぼくは訊《き》いてみた。

「だったら、どうしてほかの仕事をしないんですか、ピクダン先生？」

ピクダンは大声で言った。

「ほかの仕事って、きみ、なにをしたらいいのかね？　わたしは靴屋でも、指物師でもないし、帽子屋、パン屋、理髪師でもない。知っているのはラテン語だけで、しかもそれを高く売りこむための免許状もない。もし博士号を持っていたら、いま百スー[2]で請けおっている仕事で、百フラン〔約十万円〕はもらえるだろう。それに、おそらくいくらか仕事の質を落としたって文句は言われまい。肩書がじゅうぶん評判をささえてくれるからね」

ときに、こんなことを口にすることもあった。

「ここできみと過ごす時間をのぞけば、わたしの人生には気の休まるときがないん

2　一スーは二十分の一フラン。したがって、百スーは五フラン。日本円にして約五千円。

だ。いや、心配はいらない、きみに損はさせないからな。自習室ではほかの生徒の二倍しゃべらせて、埋めあわせをしよう」

ある日、ぼくは思いきって煙草を勧めてみた。ピクダンはびっくりしてぼくの顔を見つめていたが、やがてドアに目をやり、

「だれか入ってきたら、きみ」

「じゃあ、窓のほうへ行って吸いましょう」

ふたりは往来に面した窓に肘をついて、貝殻のように丸めた手のなかに煙草を隠して吸った。

正面に洗濯屋が見えた。白いゆったりとしたブラウスを着た四人の女が、目のまえに洗濯物をひろげ、湯気をあげている熱く重いアイロンを動かしていた。

突然、五人目の女が、いかにも重そうなかごを手にさげて、店から出てきた。シャツ、ハンカチ、シーツなどを客に届けにいくのだろう。でかけるまえから疲れてしまったかのように、女は店先で立ち止まった。そして、顔をあげ、ぼくたちが煙草を吸っているのを見て、にっこりと笑った。いかにも屈託のない女工らしく、あいているほうの手でからかうように投げキッスをすると、靴をひきずるようにして、のその

そと歩きだした。

二十歳くらいの、痩せぎみで、蒼白《あおじろ》い顔をした、小柄な娘だった。かなりきれいな娘で、どことなくいたずらっ子を思わせるところがあり、ろくにとかしていないブロンドの髪の下で、目がにこやかに笑いかけているようだった。

ピクダンのおやじは心を動かされたようすで、つぶやくように言った。

「あんな仕事を女にさせるとはな。馬にでもさせればいいんだ！」

つづけて、窮乏にあえぐ民衆にたいする同情を口にした。感傷的な民主主義者であるピクダンは高揚を抑えきれず、涙声になりながら、ジャン＝ジャック・ルソーのことばを交えて、労働者の苦役について語った。

翌日、ぼくたちが同じ窓に肘をついていると、きのうの女工が気づいて、声をかけてきた。「こんにちは学生さん」とおどけた声で言いながら、手でからかうようなしぐさをした。

煙草を投げてやると、娘はすぐに吸いだした。すると、ほかの四人も店先にとびだして、手をさしだしてきた。

こうして、向かいの店の女工とぐうたらな学生とのあいだに、徐々に友好関係が築

SPECIALITE
DE
DEAU

かれていった。

ピクダンのおやじの滑稽なようすは、まさに見ものだった。見つかったら馘《くび》になると言って気をもんでいたが、そのおどおどしたようすがなんとも滑稽で、まさに舞台の上の恋する男の身振を思わせた。女工たちはそんなピクダンに接吻の雨を送って応じた。

ぼくは悪乗りして、あるいたずらを思いついた。ある日、例の部屋へ行ったとき、声をひそめてピクダンに言った。

「信じられないと仰《おっしゃ》るかもしれませんが、ピクダン先生、例のかわいい洗濯女に会ったんです。ほら、大きなかごをさげていた娘ですよ。あの娘と話をしましてね」

ぼくの口調にいくらか動揺したようすで、ピクダンは尋ねた。

「で、どんな話をしたのかね？」

「どんなって……弱ったな……あの娘が……あの娘が言うにはですよ……先生がとてもすてきだと……まあ、ようするに……ぼくが思うには……あの娘は先生にいくらか気があるのではないかと……」

ピクダンは蒼くなって、こう答えた。

「わたしをからかっているんだろう、きっとそうだ。この歳になって、そんなことはありえないよ」

ぼくはまじめな顔で言った。

「どうしてですか？　ぼくから見ても、先生はとてもすてきですよ」

ぼくのいたずらに心を動かされたようだったので、それ以上はなにも言わなかった。けれども、それから毎日、ぼくはあの娘に会って先生の話をしたと嘘をついた。やがてピクダンはそれを真にうけて、自信ありげに娘に熱烈な接吻を送るようになった。

さて、ある朝のこと、学校に向かう途中、例の娘とばったりでくわした。まるで十年まえからの知り合いでもあるかのように、ぼくは遠慮なく娘に話しかけた。

「やあ、おはよう。元気かい？」

「元気よ、ありがとう」

「煙草はどう？」

「ありがたいわ、でもここじゃあ」

「店で吸えばいいさ」

「じゃあ、いただくわ」

「ねえ、ところで気がついているかな」

「なんのこと？」

「例の、じいさんの先生なんだけど」

「ピクダンのおやじ？」

「そう、ピクダンのおやじさ。なんだ、名前を知っているのか」

「あたりまえじゃない。で、どうしたの？」

「どうしたって、おやじさん、きみに気があるみたいなんだ」

娘は笑いころげて、大声をあげた。

「冗談ばっかり！」

「いや、ほんとうなんだ。授業中もきみの話ばっかりしているよ。まちがいない、きみに結婚を申しこむ気だよ」

娘は笑うのをやめた。結婚と聞けば、若い女性ならだれだって真剣になるものだ。信じられないというように、娘はくり返した。

「冗談でしょ」

「ほんとうだ、誓うよ」

娘は足もとに置いていたかごを持って、

「だったら、考えてみようかしら」

そう言って、たち去った。

学校に着くと、すぐピクダンのおやじをわきへ呼んで、

「手紙を書かなきゃだめですよ。あの子は先生に首ったけなんですから」

ピクダンは愛情のこもった長文の手紙を書いた。美辞麗句と、婉曲な言いまわしと、隠喩や直喩、それに人生観やら、アカデミックなお追従やらが盛りこまれた、滑稽な恋文の傑作だった。手紙を娘に手わたすのは、ぼくがひきうけた。

娘は神妙なおももちで、感動をあらわにしながら手紙を読んだ。そして、つぶやいた。

「すごく文章がお上手で、びっくりしちゃった。やっぱり、教養のある人はちがうわね。ほんとうにあたしなんかと結婚してくれるのかしら?」

ぼくはきっぱりと言った。

「もちろんだよ、きみに夢中なんだから」

「じゃあ、日曜日、レ・フルール島で夕食に誘ってくれないかしら」

ぼくはそうさせることを約束した。

娘の話を残らず伝えると、ピクダンのおやじはいたく感じ入った。

さらに、こうつけ加えておいた。

「ピクダン先生、あの子はあなたを愛していますよ。なかなかまっとうな娘のようですね。誘惑しておいて、あとで捨てたりしちゃだめですよ」

ピクダンはきっぱりと言った。

「おいおい、きみ、見そこなっては困るよ」

じつを言うと、この先のことはなにも考えていなかった。ただいたずらを、学生らしいいたずらをしてみたかっただけだ。老自習監督が純朴で、世間知らずで、気の弱い男であることをよく知っていたから、それがどんな事態をひきおこすかということは考えもせず、ただからかってみたかったのである。当時ぼくは十八歳で、ずっとまえから学校では、悪知恵のはたらく、いたずら者で通っていた。

そんなわけで、ピクダンのおやじとぼくは辻馬車でク＝ド＝ヴァシュの渡し場へ行き、そこで例の娘、アンジェールと落ちあうことになった。そのころぼくはボート遊びに熱中していたので、ぼくのボートにふたりを乗せてレ・フルール島へつれていき、三人で夕食をとるという段取だった。勝利の快感にひたるため、ぼくはぜひ同席させてほしいと言っておいた。ピクダンはぼくの企《たくら》みに異を唱えなかった。仕事を失うことになりかねないのだから、よほどのぼせあがっていたのだろう。

渡し場には朝からボートをつないでおいた。先生とぼくが到着すると、土手の草のなかに、より精確には高く伸びた土手の草の上に、巨大な雛罌粟《ひなげし》を思わせる、大きな赤い日傘が目についた。その日傘の下で、晴れ着姿の小柄な洗濯女が待っていた。びっくりした。顔色こそやや蒼白かったが、娘はとてもきれいで、物腰に少しあかぬけないところがあったものの、じつにしとやかだった。

ピクダンのおやじは帽子を脱いで、おじぎをした。娘が手をさしだし、ふたりはなにも言わずに顔を見合わせた。それからボートに乗りこんで、ぼくがオールを握った。ふたりはうしろの席にならんで腰をおろした。

ピクダンが口火をきった。

「いいお天気で、舟遊びをするにはうってつけですな」

娘は小声で答えた。

「ええ、そうですね」

娘は片手をおろして川の水に指をふれると、さながらガラスの薄片のような、透きとおった細い筋が水面に引かれた。ボートの縁に沿って、かわいらしいさざ波が走り、ぴちゃぴちゃと音をたてた。

レストランに入ると、ようやく娘は口を開いて、料理を注文した。魚のフライ、若鶏、それにサラダだった。料理が出てくるまでのあいだ、娘はぼくたちを外につれだして、よく知っているこの島を案内してくれた。

外にでると、娘はにわかに生き生きとして、子どものようにはしゃいだり、ぼくたちをからかったりした。

デザートのときまで、肝心なことは話題にのぼらなかった。ぼくはシャンパンをふるまった。ピクダンのおやじはほろ酔いきげんになり、娘のほうもいくらか酔いがまわってきたのか、ピクダンを「ピクネ先生」と呼んだりした。

そのうち、いきなりピクダンがきりだした。

「お嬢さん、わたしの気持はラウルくんから聞きおよんでいると思いますが」

娘は裁判官のような真剣な顔つきになった。

「はい」

「で、お返事をいただけるでしょうか？」

「そう仰っても、返事のしようがありません」

ピクダンはことばに詰まりながらも、なおも訊いた。

「では、いつの日か、好意を寄せてくださると？」

娘は笑いながら、

「おばかさんね、でも嬉しいわ」

「それでは、お嬢さん、いずれあなたと……？」

ちょっとためらってから、娘は声を震《ふる》わせながら、

「結婚してくださるってこと？　そう考えていいのかしら？」

「ええ、仰るとおりです」

「だったら、異存はありません、ピクネ先生」

こうして、このそそっかしい男女は、悪童のいたずらのせいで、結婚の約束をするはめになった。それでも、ぼくはまじめに考えていなかったし、ふたりにしてもたぶん同じだったかもしれない。しばらくためらってから、娘が言った。

「あの、でも、あたし、一文なしなんです」

かなり酔っぱらっていたとみえ、ピクダンはもごもご答えた。

「なあに、こっちには、貯金が五千フラン〔約五百万円〕ばかりありますからね」

娘は顔をかがやかせて叫んだ。

「それなら、なんとかやっていけるかも」

ピクダンは不安顔で、

「しかし、どうやって？」

「わからないけど、考えてみましょうよ。五千フランあれば、いろんなことができるでしょ。あたしがあなたの学校へ押しかけて、いっしょに暮らすわけにはいかないけれど」

そこまで考えていなかったので、ピクダンは弱りきってつぶやいた。

「生計を立てるのは、そう簡単なことじゃないよ。わたしはラテン語しか知らないんだから」

こんどは娘が考えこんでしまい、以前から望んでいた職業をあれこれ思いうかべながら、

「お医者さんになるのは？」

「だめだね、免許状がない」

「薬剤師は?」

「それもだめだ」

娘は嬉しそうに大声をあげた。ひとつ思いついたのだ。

「それじゃあ、食料品のお店をやりましょうよ、そうよ、よかった! 食料品店を買えばいいんだわ。大きな店でなくてもいいの。五千フランじゃ、そう欲ばれないし」

ピクダンは反対した。

「いや、食料品店はやれないよ……なにしろ……わたしは……顔を知られすぎているし……それに……ラテン語しか……知らないんだから……」

でも、娘はピクダンの口もとへ、なみなみとシャンパンをそそいだグラスを押しつけた。ピクダンはそれを飲むと、黙りこんでしまった。

三人はふたたびボートに乗った。ひどく暗い夜だった。それでも、ふたりが抱きあって、何度も接吻しているのが、はっきりとわかった。

ぼくのしたことが、とんでもない災難を招いてしまった。ぼくたちが学校を抜けだしたのがばれて、ピクダンのおやじは馘になったのだ。父親は腹をたて、ぼくは哲学級［高等中学校の最終学年］の学業を終えるため、寄宿学校のリボデ学寮へ転校させられた。

六週間後、ぼくは大学入学資格試験《バカロレア》に合格した。それからパリで法律の勉強をすることになり、二年ほどしてようやく故郷の町に戻ることができた。

セルパン通りの曲がり角で、一軒の店が目についた。看板にはピ、ク、ダ、ン、植、民、地、物、産と書かれていて、その下に、事情にうとい人のためだろう、食料品店の文字も見えた。

ぼくは思わずラテン語で叫んだ。

「*Quantum mutatus ab illo!*」[3]

ピクダンは顔をあげ、応対していた女性客をほっぽり出して、両手をさしのべながら駆けよってきた。

「驚いた、だれかと思ったら、きみか！　帰ってきたんだね、よかった、よかった、会いたかったよ」

3　「あのとき以来、彼はなんと変わってしまったことか！」の意。

丸々としたきれいな女性が、ふいにカウンターからとびだしてきて、ぼくに抱きついた。見ちがえるほど太ってしまったので、例の娘だとすぐにはわからなかったほどだ。

ぼくは尋ねた。

「うまくいっているんですか?」

ピクダンは仕事に戻って、商品の目方をはかり始めたところだったが、

「ああ、うまくいっているとも。きわめて順調だよ。なにしろ、今年は三千フランの純益をあげたくらいだから」

「ところで、ラテン語のほうはどうなったんですか、ピクダン先生?」

「ああ、ラテン語か。ラテン語、ラテン語、あんなものは、きみ、飯の種にもならんよ!」

オルラ

LE HORLA

五月八日。——なんと気持のいい日だろう。午前中、家のまえの草の上にずっと寝そべっていた。家をすっぽり覆うようにプラタナスの巨木がそそり立ち、家をつつみ隠してあたりに大きな影を落としている。わたしはこの土地が好きだし、ここで暮らすのも好きだ。わたしはこの土地に根を、深くこまやかな根をおろしている。そうした根こそが、祖先が生まれ、そして死んでいった土地に人を結びつけている。人間の考えること、食べるもの、習慣や食事、方言や農民のなまり、土や村や空気そのものの匂いにまで結びつけているのだ。

自分の生まれ育ったこの家が好きだ。窓からセーヌ川が見え、庭に沿ってのびる街道のむこうを、わが家の一角をかすめるようにして流れている。ルーアンを通ってル・アーヴルに向かって流れ、川面《かわも》を数多くの船が行きかう、広大なセーヌ川。左手の遠方には、大きなルーアンの街。青い屋根がならび、先のとがったゴシック様式の鐘楼が林立している。ほっそりとした鐘楼もあれば、幅広い鐘楼もある。そしてこれらの鐘楼を見おろすように、大聖堂の鋳造《ちゅうぞう》の尖塔がそびえ立っている。鐘楼の鐘という鐘が、よく晴れた午前の青空にいっせいに鳴りわたると、そよ風にはこばれて、かなたからここちよい鉄のざわめきが、青銅の歌が聞こえてくる。風の吹きかげんによって、あるときははっきりと、あるときはかすかに。

今朝はなんていい天気なのだろう。

十一時ごろ、曳船《ひきふね》に引かれた長い船の列が門のまえを通りすぎていった。曳船は遊覧船のように大きく、濃い煙を吐きながら苦しげにあえいでいた。

イギリスのスクーナー［二本マストの帆船］が二艘、赤い旗を空にはためかせて通っていくと、そのあとに三本マストのみごとなブラジル船がつづく。真っ白な船体は見るからに清潔そうで、光りかがやいている。見ていると楽しくなって、心のなかで思わず讃辞をおくったほどだ。

五月十二日。——二、三日まえから、いくらか熱があるようだ。体調が思わしくない。というより、どうにも気が晴れないのだ。

幸福を失望に、自信を悲嘆に変えてしまうこうした不思議な感化作用は、いったいなにに由来するのだろう？　空気のなかに、目に見えないこの空気のなかに、なにかはかり知れない力が満ちていて、周囲からその不可思議な力の作用を受けるのかもしれない。起きぬけのときは元気いっぱいで、歌でもうたいたい気分だった。——ところが、なぜだろう？——川辺におりてしばらく歩いていたら、あたかも家で悪いことでも待ちうけているかのように、ふいに気がめいってきて、家にひき返した。——なぜだろう？——悪寒が肌を走り、神経を逆なでして、暗澹《あんたん》たる気分に陥ってしまったのだろうか？　空の雲の形だとか、めまぐるしく変わる陽光の色や事物の色などが目に入って、思念が乱れてしまったのか？　わからない。われわれをとりまくもの、われわれが見るともなく目にしているもの、われわれが無意識に触れているもの、われわれが知らず識《し》らず手で触っているもの、われわれが知らぬまに出会っているもの、そうしたもののすべてが、瞬時に、われわれに、われわれの器官に、不可解にして驚くべき影響をおよぼしているのだ。それに、器官をとおしてわれわれの思念や心にも。

この目に見えぬものの神秘はなんと深遠であることか！　われわれのみじめな五感をもってしては、その神秘を推しはかることはできない。われわれの目は、小さすぎるものも大きすぎるものも、近すぎるものも遠すぎるものも、見ることができない。星の世界の住人も、一滴の水のなかの住人も……われわれの耳にしても、空気の振動を音調として伝えることで、われわれを欺いているではないか。耳は魔法を使う妖精のようなものだ。こうした空気の運動を音に変えるという奇跡をやってのけ、その変換によって音楽を生みだす。音楽は自然の無言のざわめきをここちよい旋律にする……われわれの嗅覚は犬のそれより劣っているし……味覚にしても、そのワインが何年ものであるかをろくに当てることすらできないのだ。

ああ！　われわれが、もっと他に奇跡を起こしてくれるような器官を持ちあわせていたら、周囲からどれほど多くのものを見いだせるだろう！

五月十六日。――やはりわたしは病気だ。先月はあれほど元気だったのに。熱が、ひどく熱がある。というより、熱によるいらだちを抑えきれず、そのため肉体ばかりか心までが苦しい。なにか危険が身に迫っているような、恐ろしい予感が脳裡を離れない。よくないことが起こりそうな、死が近づいているような気がしてならない。ひょっとしたら未知の病に冒されていて、それが血や肉のなかにきざしているのかもしれない。

五月十八日。――眠れないので医者に診てもらった。脈が速く、眼球が膨張しており、神経が昂《たかぶ》ってはいるものの、とくに危惧すべき兆候は見られないとのこと。言われたとおり、シャワーを浴びて、臭化カリウム[1]を服用することにする。

五月二十五日。――依然として変化なし。身体の状態はじつに奇妙だ。夕方になるとわけもなく不安になって、あたかも夜のなかに恐ろしい脅威が潜んでいるように思える。夕食を早くきりあげて本を読もうとするが、ことばの意味が理解できない。ほとんど文字すら見分けられないほどだ。しかたなく客間を歩きまわる。漠然とした、抗しがたい恐れに胸が締めつけられるようだ。眠ること、ベッドに横たわることが恐ろしい。

十時ごろ、寝室にあがる。部屋に入るとすぐ、しっかりとドアに鍵をかけ、差し錠までかけた。怖くてたまらない……なにが？　いままで怖いものなどなかったのに……洋服だんすを開け、ベッドの下を見て、耳を澄ます……耳を澄ますのだが……なにに？……奇妙ではないか。ちょっとした身体の不調、おそらくは血行の障害、神経網の刺激、軽度の充血など、こうしたごくわずかの変調が、われわれの身体の、かくも不完全でかくもデリケートな機能に生じただけで、快活きわまりない男が鬱々とした人間に、勇猛果敢な男が臆病者に変わってしまうものなのか？　それからベッドに横たわって、まるで死刑執行人を待つように眠くなるのを待つ。恐怖におののきながら、眠りの訪れを待つのだ。胸は高鳴り、足がわななく。暖かい夜具にくるまっているのに、全身の震《ふる》えが止まらず、そのうちふいに眠りに落ちる。あたかもよどんだ水の淵《ふち》に落ちて、溺れ死ぬかのように。その眠りが、以前のようにやって来ない。油断のならない眠りは、背後に潜んでこちらのようすを窺《うかが》い、頭を押さえつけ、目をふさぎ、わたしを疲弊させようとしているのだ。

眠りにつく——長いあいだ——といっても、二、三時間だが——それから夢が——

1　当時、神経鎮静剤や就眠薬として用いられた。

いや――悪夢が襲いかかる。わたしはベッドに横たわり、眠っている……そのことを自覚し、諒解《りょうかい》しているのだが……わたしにはわかる。だれかがこちらに近づき、わたしを見つめ、わたしに触り、ベッドにあがって、わたしの胸の上にひざまずき、首に手をまわして締めつけるのが……そう、締めつけるのだ……力いっぱい、わたしを窒息死させようと。

必死になってもがく。夢のなかで人を麻痺させる、あの恐ろしい無力感にみまわれながら。大声をあげようとする。――だが、できない。力をふり絞り、あえぎながら、寝返りをうってわたしを圧《お》しつぶし、窒息させようとするやつを押しのけようとするのだが――できない。

ふいに目をさます。パニックに陥り、汗びっしょりになって。ろうそくを点《とも》す。だれもいない。

そうしたことが毎晩くり返され、そのあと、ようやく明け方までやすらかに眠ることができる。

六月二日。――ますます容態が悪化した。いったい、どうしたことか？　臭化カリ

ウムはまったく効かないし、シャワーもさっぱり効果がない。疲れきっているものの、身体をいっそう疲れさせようと思って、午後、ルマールの森をひと回りすることにした。はじめのうち、新鮮ですがすがしいそよ風は、草や木の葉の匂いにみちていて、血管にあたらしい血を、心臓にあらたな力をそそぎ込んでくれるように思えた。狩猟場の広い並木道を歩き、細い小道を折れてラ・ブイユ[2]に向かった。小道の両側にはめっぽう高い木々が立ちならび、空とわたしとのあいだに、暗く感じるほどのぶ厚い緑の屋根を形づくっていた。

突然、身体に戦慄が走った。寒さからではなく、激しい不安からくる奇妙な戦慄だ。この森にひとりでいるのが不安で、足を速めた。ばかげているが、深い寂寥《せきりょう》感に襲われて、わけもなくびくついてしまった。ふと、あとをつけられているような気がした。だれかがすぐうしろから、ほとんどくっつくようにしてついてくるように思われたのだ。

あわててうしろをふり返った。が、だれもいない。高い木々のならぶ広い道がまっすぐのびているのが見えるだけで、まったく人の姿はない。前方にも並木道が見わたすかぎりつづいていて、やはり、恐ろしいばかりに人の気配がない。

わたしは目を閉じた。なぜだろう？　そして、独楽《こま》のように、かたほうの踵《かかと》でくるりと回ってみた。倒れそうになって、目を開けた。樹木が踊り、地面が揺れうごいていた。立っていられず、腰をおろさねばならなかった。すると、いったいどうしたことか、もうどこを通ってきたのかわからなくなった。奇妙だ。まったくもって奇妙だ。なにがなんだか、さっぱりわからない。右手のほうに向かって歩きだしたら、なんと、もとの並木道に戻ったではないか。さきほどそこを通って森の中央にでた道だ。

六月三日。——夜が怖くてたまらない。二、三週間、家を留守にしよう。小旅行でもしたら体調がよくなるかもしれない。

七月二日。——帰宅する。だいぶよくなった。それにしても楽しい旅だった。まだ行ったことのなかった、モン＝サン＝ミシェルを訪ねた。

2　ルーアン近郊の村。セーヌ川沿いにあり、ルーアンの下流左岸に位置する。なお、ルマールの森はルーアンより西に七キロほどのところにある。

わたしのように夕暮どきにアヴランシュ[3]に到着すれば、すばらしい光景が待ちうけていることだろう。この町は丘の上にある。町はずれの公園に案内されたところ、思わず驚嘆の叫びをあげてしまった。眼下には、渺茫《びょうぼう》たる湾がどこまでもひろがっていた。湾をはさむ、あい隔たったふたつの丘陵は遠方で靄《もや》にかすんでいる。そして、金色にかがやく空の下、この広大な黄色い湾の中央に、黒っぽい、尖った、風変わりな山が、砂地のただなかにそびえている。おりしも陽が沈んだところで、まだ赤く染まっている水平線に、摩訶《まか》不思議な建造物をいただく、この現実ばなれした岩山のシルエットがくっきりと浮かびあがっていた。

夜が明けると、さっそく岩山に向かった。昨晩と同じように潮は引いていて、近づくにつれ、あの驚くべき修道院が眼前に立ちはだかるように見えてきた。なおも数時間歩いて巨大な岩塊のふもとにたどり着いた。この上に、大きな教会堂に睥睨《へいげい》されている小さな町があるのだ。狭く急な坂道をのぼりつめて、ゴシック様式のすばらしい建物のなかに入った。神の住居として地上に建てられたもので、ひとつの町のように広く、低い丸天井の下で圧しつぶされそうに見える部屋や、細い円柱にささえられた高い廻廊がそこかしこにあった。花崗岩でつくられ、さながらレースのように軽やかな、この珠玉の建築にわたしは足を踏みいれた。鐘楼やほっそりとした小鐘楼がいくつもそびえ、曲がりくねった階段でそこにのぼることができる。それらの鐘楼のてっぺんには、怪獣《キマイラ》、悪魔、架空の動物、奇怪な花々などの異様な彫刻がほどこされ、昼は青い空、夜は暗い空を背景に、くっきりとその姿を浮かびあがらせていた。それらの鐘楼は巧みに細工されたアーチで、たがいに結ばれている。

教会堂のいちばん高いところに達すると、わたしは案内してくれた修道士に、「神父さん、ここはさぞや住みごこちがいいのでしょうね」と訊《き》いた。

「風が強いんですよ」修道士は答えた。わたしたちは潮が満ちてくる海を眺めながら、話しはじめた。海水が砂浜を走るように流れ、みるみる鋼《はがね》の鎧で覆っていく。

修道士はいろいろな話を聞かせてくれた。いずれもこの土地にまつわる古い話であり、おきまりの伝説だ。

なかでも、ひとつ胸をうつ話があった。土地の人々、つまり岩山の住人たちによれば、夜、砂浜で話し声がしたかと思うと、やがて二頭の山羊《やぎ》の鳴き声が聞こえてくる。

3 ノルマンディー地方のマンシュ県南部、コタンタン半島のつけ根に位置する町。

一頭は大きな声で、もう一頭はか細い声で鳴いているのだそうだ。その手の話を信じない人たちは、海鳥が鳴いているのだと主張する。海鳥の鳴き声は、ときに山羊の鳴き声に、ときに人間のうめき声に似ているからだ。だが、夜更《よふけ》に出歩く漁師たちはこう断言している。世間から隔絶したこの小さな町をとりまく砂浜を、潮の満ち引きするあいだをぬってほっつき歩く、ひとりの年老いた羊飼に出会ったことがある。外套で覆われて顔は見えないが、老人は牡と牝の二頭の山羊をつれている。牡は人間の男の顔、牝は女の顔をしている。どちらも長い白髪をたらし、たえずなにかしゃべっていて、聞いたこともないことばで言いあらそっていたかと思うと、ふいにしゃべるのを止《や》め、大声でメーメーと鳴きだすのだそうだ。

「その話を信じているのですか？」わたしは尋ねた。

「さあ、どうでしょう」修道士は小声で答えた。

わたしはつづけて訊いた。「もしも、地上にわれわれとは別の何者かが存在しているとしたら、どうして今までずっと知られずにいるのでしょう？　どうしてあなたは、そしてわたしもまた、それを目にしたことがないのでしょう？」

修道士は言った。「われわれは、はたして存在しているものの十万分の一も見ているのでしょうか？　たとえば、いま風が吹いておりますが、風というのは自然界でもっとも大きな力を持っています。人間を吹きとばし、建物を倒壊させ、樹木を根こそぎにし、山のように海原を盛りあげ、断崖をうち崩す。そればかりか、大きな船を暗礁に乗りあげさせたりもする。風は人の命を奪い、ひゅーひゅーと吹き荒れ、うめき声やうなり声をあげる――そんな風を、あなたは目にしたことがありますか？　そもそも、それは目に見えるものなのでしょうか？　とはいえ、風はちゃんと存在しているではありませんか」

むろん理屈はそうであるが、わたしはことばを返さなかった。この修道士は賢者なのか、それともばか者なのか。わたしには、とてもそんなふうにきっぱりと断言することはできない。だが、なにも言い返さなかった。いま男が言ったようなことを、それこそいくど考えたことか。

七月三日。――よく眠れなかった。どうも、この家には人の気持を昂らせるものが潜んでいるらしい。家の御者も同じような不眠症で苦しんでいるからだ。きのう家に戻ると、御者の顔色がひどく悪いのに気がついて、訊いてみた。

「どうかしたのか、ジャン?」
「ちっとも休むことができなくって。昼が夜に呑みこまれちまったんです。旦那さまがおでかけになってから、まるで呪いをかけられたみてえだ」
もっとも、ほかの召使たちは元気だった。それでも、また例の病気がぶり返しはしないかと、気が気でならない。

七月四日。——案の定、また始まった。以前の悪夢がぶり返したのだ。昨夜、かたわらにだれかがうずくまっているような気がした。そいつはわたしの口の上に口を重ね、わたしの生気を吸いこんでいた。そうだ、まるで蛭《ひる》のように、わたしの喉から生気を吸いとっていたんだ。腹いっぱい吸いこむと、やつは立ちあがった。そこで目がさめたのだが、わたしはこっぴどく痛めつけられ、疲労困憊《こんぱい》し、打ちひしがれて、身体を動かすことすらままならなかった。こうしたことがあと二、三日つづくようなら、また出かけなければなるまい。

七月五日。——正気を失ったのだろうか? 昨夜起こったこと、目にしたことがあまりにも奇妙なので、考えるたびに頭が混乱してくる。

毎晩そうしているように、昨夜もドアに鍵をかけた。それから、喉が渇いたので、コップに半分ほど水を飲んだ。たまたま目にしたのだが、水差《みずさし》にはガラス栓のところまで水が入っていた。

そしてベッドに入ると、例のぞっとするような眠りにおちた。二時間ほどして、いままで以上に恐ろしい夢におそわれた。

男が眠っている。何者かに襲撃され、男は胸にナイフを突きたてられて、目がさめる。男は血まみれになって喘《あえ》ぐが、もはや呼吸することもままならず、わけもわからぬまま死のうとしている——そんな夢だ。

ようやくわれに返ると、また喉が渇いてきた。ろうそくを点して、水差の置いてあるテーブルに歩みよった。水差をとってコップに注ごうとしたところ、一滴の水も出てこない。——なんと水差は空ではないか。すっかり空になっていたのだ！　最初のうち、わけがわからなかった。そのうち、突然はげしい動揺にみまわれて椅子に腰をおろさねばならなかった。というより、椅子の上に倒れこんでしまった。それから、あわてて立ちあがってあたりを見まわし、驚愕と恐怖にわれを忘れて、透明なガラス瓶を前にまた腰をおろした。ガラス瓶に目をこらしながら、謎を解こうとした。わなわなと手が震えた。だれか水差の水を飲んだ者がいたということか？　だれだろう？　わたしだろうか？　たぶんそうだ、わたし以外にはありえない。だとしたら、わたしは夢遊病者で、知らぬまに不可解な二重生活を送っていたことになる。われわれの内部にふたりの人間が存在するということなのか。さもなければ、知ることも見ることもできない未知の存在がわれわれの内部に巣くっていて、精神が麻痺しているときを見はからい、われわれの従順な肉体をわれわれと同じように、いやわれわれ以上に意のままに操っているのだろうか。

ああ、この耐えがたい苦悩はだれにもわかってはもらえまい。健全で、快活で、良識に富んだ男が、眠っているあいだに水が消失してしまったのを、水差のガラスごしに恐怖のまなざしで眺めるときの気持をだれが理解できようか！　ふたたびベッドに入る気にはなれないので、夜が明けるまでまんじりともしないでいた。

七月六日。――頭がおかしくなった。昨夜もだれかが水差の水をぜんぶ飲んでしまった――そうではあるまい、自分が飲んだのだ！

ほんとうに、ほんとうに、わたしが飲んだのだろうか？　でなければ、だれが飲んだのだ、いったいだれが？　ああ、どうしたらいい！　ほんとうに頭がおかしくなってしまったのか？　だれか助けてくれ。

七月十日。——以下のような驚くべき実験をしてみたので、記しておく。

やはり、わたしは正気ではない、しかし、しかしだ！

七月六日、寝るまえに、ワイン、牛乳、水、それにパンと苺をテーブルの上に置いておいた。

水がぜんぶ、それに牛乳がいくらか飲まれていた——とはいえ、自分が飲んだのだろうが。ワインとパンと苺には手がつけられていない。

七月七日、同じ実験をくり返したが、結果は同じ。

七月八日、水と牛乳を除いてやってみたところ、いずれにも手がつけられていなかった。

七月九日、最後に、水と牛乳だけテーブルの上に置き、それらの入った水差を白いモスリンの布でくるみ、栓にひもをかけておいた。それから、唇、ひげ、両方の手に黒鉛をなすりつけて、ベッドに入った。

すぐに眠気がおし寄せてきたが、ほどなくしてひどく不快な気分で目をさました。眠っているあいだ、身体を動かした気配はない。寝具にも黒鉛のしみはついていなかった。あわててテーブルにむかった。水差をつつんだモスリンの布も汚れてはいなかった。不安におののきながら、ひもをほどいた。水はすっかり飲まれていた、牛乳もだ！　ああ、なんということだ！……

すぐパリに行こう。

七月十二日。――パリ。このところ、やはり精神に異常をきたしているようだ。神経が昂って、妄想にとらわれているのだろう。ほんとうの夢遊病者でなければ。あるいは、確認はされているが今日まで説明できずにいる作用のひとつ、あの催眠暗示と呼ばれているものの影響をこうむっているのでないとしたらだ。ともあれ、パニックに陥ったのは精神錯乱のようなものが原因だったのだろうが、パリにまる一日滞在したおかげで、だいぶ気分がよくなった。

きのうは、あれこれ用事を済ませたり、人を訪ねたりして、心に清新な空気が吹きこまれたように感じられる。晩はテアトル＝フランセ[4]へ行った。アレクサンドル・デュマ・フィス[5]の劇が上演されていて、作者の溌剌《はつらつ》とした力強い才知がすっかりわたしを回復させてくれた。たしかに、仕事をしている知識人にとって、孤独な暮らしは危険をともなう。ものを考え、話相手となる人間が周囲にいる必要がある。長らくひとり暮らしをつづけていると、心のすきまに亡霊が忍びよってくるのだ。

目抜き通り《レ・ブルヴァール》を通って、意気揚々とホテルへ戻った。人込のなかを歩きながら、先週来の恐怖や臆測を考えてみると、われながら苦笑を禁じえない。そうではないか、家のなかに目に見えないものが棲んでいると思いこんでいたのだから。人間の頭脳はなんと脆弱なのだろう。少しでも理解不能のできごとに逢着すると、怖じけづいて、たちまち自分を見失ってしまうのだから。

《原因がわからない以上、自分には理解できない》そのひとことで片づけてしまえ

4　フランス国立劇場、コメディ＝フランセーズのこと。

5　『椿姫』の作者として知られるフランスの小説家・劇作家（一八二四～九五年）。父親が同名のアレクサンドル・デュマであるため、父親のデュマ・ペール（父）、にたいしてデュマ・フィス（息子）と呼ばれている。

ばいいものを、すぐに恐ろしい怪異現象だとか、超自然的な力と結びつけて考えてしまうのだ。

七月十四日。——国民の祝日。街をぶらついた。爆竹や三色旗で、子どものように浮かれてしまった。とはいえ、政令で定められた日に浮かれさわぐなんて、じつにばかげている。民衆は頭の弱い羊の群れのようなものだ。愚かしくじっと辛抱しているかと思うと、猛然と反旗をひるがえしたりもする。《さあ楽しめ》と言われれば楽しむし、《隣国と戦え》と言われれば戦いもする。《皇帝に投票しろ》と言われれば皇帝に票を投じるし、かと思うと、《共和国に投票しろ》と言われれば、すなおに共和国に票を投じるのだ。

民衆を指導するやからも、これまたばか者ぞろいだ。やつらは人間に従うかわりに、主義に従う。この主義というやつも、まさにそれが主義であるがゆえに、つまり、それが確乎不抜《かっこふばつ》の観念であると信じられているがゆえに、ばかげた、不毛な、虚偽的なものなのだ。光は幻覚であり、音もまた幻覚にすぎないこの世界において、確実なものなど何ひとつ存在しない。

七月十六日。──きのうはいろいろなものを目にしたが、おかげでひどく動揺してしまった。

いとこのサブレ夫人の家に夕食に呼ばれた。夫はリモージュ第七十六歩兵隊の指揮官をしている。ふたりの若い婦人がいあわせたが、ひとりは医師のパラン博士の妻だった。パラン博士は神経症を専門としており、目下のところ、催眠術や催眠暗示の実験がひきおこす異常な症状を研究していた。

イギリスの学者たちや、ナンシー学派[6]の医師たちによって得られた驚くべき成果について、博士は長々と話してくれた。

博士の主張したことがあまりにも突飛に思われたので、わたしはとうてい信じられないと言った。

すると博士はきっぱりとこう言った。「われわれは自然のもっとも重要な秘密のひ

6　十九世紀末、催眠療法を研究・実施した医学者グループ。その理論をめぐって、サルペトリエール学派と対立した。

とつを発見しつつあるのです。つまり、この地球という星における、自然のもっとも重要な秘密のひとつ、ということですが。というのも、他の星にも、地球とはべつの、自然の重大な秘密がきっとあるからです。人間がものを考えるようになって以来、また、考えたことを述べ、文字にすることが可能になって以来、われわれの大雑把で不完全な感覚をもってしてはうかがい知ることのできない、ある神秘の存在を身近に感じています。そんなわけで、人間はみずからの無力な器官を知性の働きによって補おうと努めるのです。知性が未発達の段階にとどまっているあいだは、この不可視の現象にたいする不安は月並な恐怖のかたちをとりました。そこから超自然的なものにたいする民間信仰が生まれたのです。徘徊する霊、仙女、地の精《グノーム》、幽霊などの伝説が、それればかりか、神の伝説さえもがそこから生まれたのだと言えるでしょう。というのも、われわれが万物の創造主について抱いている観念は、それがいかなる宗教に由来するものであれ、被造物のおびえた頭脳が生みだした、このうえなく凡庸な、愚劣きわまりない、とうてい容認しがたいものであるからです。《神は自身の姿に似せて人間をつくったが、人間は自分の姿に似せて神をつくった》とヴォルテール[7]は言っていますが、まさに至言でしょうね。

ところが、一世紀ほどまえからですが、人々はなにか新しいものの到来を予感していたのではないでしょうか。メスメル[8]をはじめとする学者たちによって、われわれに思いもよらない手がかりが与えられました。そして、とくに四、五年ほどまえから、われわれは驚くべき成果に到達したのです」

とても信じかねるといった顔つきで、いとこも笑いをうかべていた。それを見て、パラン博士が言った。「いかがでしょう、マダム、あなたを眠らせてみようと思うのですが？」

「ええ、どうぞ」

いとこが肘かけ椅子に腰をおろすと、博士は射すくめるような目でいとこをじっと見つめた。ふいに、わたしはいくらか不安になり、胸がどきどきしはじめて、喉が締

7　十八世紀フランスの文学者・思想家（一六九四〜一七七八年）。主著に『哲学書簡』『カンディード』『寛容論』などがある。

8　オーストリアの医学者（一七三四〜一八一五年）。動物磁気説を提唱して、病気の治療をおこなった。その治療法は一種の暗示療法であり、メスメリズムと呼ばれ、後世に少なからぬ影響をおよぼした。

めつけられるようだった。いとこのサブレ夫人の瞼が重くなり、口もとが引きつって、息をはずませているのがわかった。

十分もすると、いとこは眠ってしまった。

「夫人のうしろにまわってもらえますか」医者は言った。

わたしはいとこのうしろに坐った。医者はいとこに一枚の名刺を手わたして、こう言った。「これは鏡です。なかになにが見えますか?」

サブレ夫人は答えた。

「いとこが見えます」

「では、なにをしていますか?」

「口ひげをひねっています」

「で、いまは?」

「ポケットから写真をとり出しています」

「どんな写真でしょう?」

「本人が写っています」

そのとおりだった! その写真は、その日の夕方、ホテルで渡されたものだった。

「どのように写っていますか？」

「いとこは帽子を持って立っています」

ということは、その名刺のなかに、その白い紙のなかに、いとこはなにもかも見ているのだ。まるで、鏡のなかをのぞいているように。

いあわせた若い婦人たちは、怖くなって言った。「やめて、やめて、もうたくさん！」

だが、パラン博士はなおもこう命じた。「あすの朝、八時に起きるのです。それから、いとこさんのいるホテルへ出むき、ご主人からの言いつけで、五千フラン［約五百万円］を貸してほしいと頼みなさい。こんどの旅行で、ご主人にはその金が必要なのです」

そう言って、博士はいとこの目をさました。

ホテルへ戻りながら、たったいま目撃したことについて考えてみた。すると、さまざまな疑念が心に湧きおこった。いとこについては、子どものころから妹のようによく知っているから、全面的に信用していいだろう。けれども、博士のほうはいんちきをしたかもしれない。手に鏡を隠し、名刺を渡しながら、それを眠っているいとこに見せたのではあるまいか？　プロの奇術師なら、それくらいはお手のものだ。

ともあれ、ホテルに帰ってすぐベッドに入った。

ところが、けさ八時半ごろ、召使に起こされた。召使はこう告げた。

「サブレ夫人がお見えです。至急お目にかかりたいとのことで」

あわててわたしは着替え、夫人を迎えた。

いとこはひどく困惑しているようすで、うつむいたまま腰かけ、ヴェールもとらずに言った。

「じつは、ぜひお願いしたいことがあって来たの」

「お願いって、どんな？」

「とっても言いにくいんだけど、やむを得ないわ。五千フラン、どうしても五千フラン入り用なの」

「まさか、あなたが？」

「ええ、そう。といっても、主人から都合してくるように頼まれたんだけど」

驚いて、二の句が継げなかった。いとこはパラン博士と謀《はか》ってわたしをからかっているのではないか、あらかじめ仕組んであった茶番をたくみに演じているのではないかと本気で疑ったほどだ。

しかし、注意ぶかくいとこを見ていると、疑いの余地はなくなった。困りきって身体を震わせているところをみると、よくよくつらい思いをしているのにちがいない。それに、込みあげてくる嗚咽《おえつ》をじっとこらえているのがわかった。

いとこ夫婦が大金持であるのを知っているので、こう言ってやった。

「おかしいなあ。あなたのご主人がですよ、五千フランほどの金がどうにかならないなんて。さあ、よく考えてください。たしかにご主人はぼくから金を借りてくるようにと言ったんですか?」

いとこはしばらくためらっていた。必死になにかを思いだそうとしているようだったが、やがてこう答えた。

「ええ……そう……たしかにそう言ったわ」

「手紙をよこしたんですか?」

ふたたびいとこはためらって、じっと考えこんでいた。考えながら苦しんでいるのが、わたしにはわかった。いとこにはわからないのだろう。わかっているのは、夫のためにわたしから五千フランを借りなければならないということだけだ。だから、嘘をつかねばならなかったのだ。

「そう、手紙で知らせてきたの」

「いつのことですか？　きのう、あなたはそんなことはなにも言わなかったが」

「けさ手紙を受けとったのよ」

「その手紙を見せてもらえますか？」

「だめ……だめよ、それは……内輪のことが……プライベートなことが書いてあるし……それに、もう……燃やしてしまったから」

「じゃあ、ご主人は借金でもしているんですね」

いとこはまたもや躊躇《ちゅうちょ》して、声をおとして言った。

「さあ、どうかしら」

わたしは冷たく言いはなった。

「むりですよ、いますぐ五千フランを用立てるなんて。残念ですが」

いとこは苦しげな声で訴えた。

「ああ！　お願い、お願いだから、なんとかして……」

いとこは興奮して、まるでわたしに祈るように両手を合わせた。声の調子が変わったことに気づいた。いとこは抗《あらが》うことのできない命令に悩まされ、縛られているかのように、涙声でつぶやいた。

「ねえ、お願い……わかってちょうだい、わたしがどんなにつらい思いをしているか……どうしてもきょう必要なの」

いとこが気の毒に思えてきた。

「わかりました。じゃあ、あとでなんとかしましょう」

いとこは大声で言った。

「ありがとう、ほんとうにありがとう！　なんと感謝したらいいか」

わたしはつづけて言った。「きのうの晩、お宅で起こったことを憶《おぼ》えていますか？」

「ええ」

「パラン博士があなたを眠らせたことも？」

「ええ」

「だったら言うけれど、博士はあなたに命じたんですよ。けさぼくのところへ行って、五千フラン借りるようにって。いま、あなたはその暗示にかかっているんです」

いとこはしばらく考えこんでから、こう答えた。

「だって、お金を必要としているのは主人なのよ」

それから一時間ほど、いとこを説得しようとしたが、とうとうできなかった。

いとこが帰ると、わたしはパラン博士の家に駆けつけた。博士はちょうどでかけようとしているところだったが、笑いながらわたしの話を聞いてから、こう言った。

「いまはもう信じていただけますね?」

「ええ、信じざるをえません」

「では、いとこさんの家にまいりましょう」

いとこは疲れきって、長椅子の上でうとうとしていた。パラン医師はいとこの脈をとり、片手をいとこの目のあたりまであげて、しばらくようすを見ていた。この動物磁気催眠の作用に耐えることができず、いとこはしだいに目を閉じていった。

眠りこんでしまうと、医師は言った。

「ご主人はもう五千フランを必要としておりません。ですから、いとこさんにそのお金を借りようとしたことはお忘れください。いとこさんがその話をしても、あなたにはもうなんのことやらわかりません」

そして、いとこの目をさました。わたしはポケットから財布をとり出した。

「ほら、けさ頼まれたお金です」

いとこがひどく驚いているので、それ以上なにも言わなかった。ただ、記憶を呼びさましてみようとしたが、いとこは断固として認めず、わたしにからかわれていると思いこんで、しまいには腹を立てそうになった。

そんなわけで、たったいま帰宅したところだが、とても昼食をたべる気にはなれなかった。それくらい、きょうの実験に動揺していた。

七月十九日。――今回のできごとをいろいろな人に話したが、だれもまともにとりあってはくれなかった。こうなると、どう考えたらいいのかわからない。良識のある者は「まさか、そんな」と言うだけだ。

七月二十一日。――ブージヴァル[9]へ夕食をとりに行き、晩はボート乗りたちのダンスパーティーで過ごした。やはり、なにもかも場所と環境次第なのだ。ラ・グルヌイエール[10]の島にいると、超自然的なできごとを信じるのは愚の骨頂に思えてくる……とはいえ、モン＝サン＝ミシェルの頂上にいたら？……あるいはインド帝国[11]にいたらどうだろう？　われわれは周囲から甚大な影響をうけるにちがいない。来週、帰宅することにする。

七月三十日。――きのう家に戻った。すべて順調。

八月二日。――とくに変わったことなし。すばらしい天気だ。一日中、セーヌ川を眺めて過ごす。

八月四日。――使用人たちのあいだでもめ事。戸棚にしまってあるコップを、夜なかに壊す者がいるとのこと。召使は料理女がやったと言い、料理女は布類係の女がやったと言う。そして、布類係の女は他のふたりのせいにする。いったい犯人はだれなのか？　さっぱりわからない。

八月六日。――こんどばかりは、頭がおかしくなったのではない。見たのだ……そうとも……見たのだ……もはや疑いの余地はない……この目で見たのだ！……身体じゅうがぞくぞくする……いまでも骨の髄まで凍る思いだ……この目で見たのだから！……

二時ごろ、陽の照っているなか、わが家の薔薇の花壇を散歩していた……秋の薔薇の咲きはじめた小道を。

戦闘の巨人という品種の薔薇が、三つほどみごとな花をつけていたので、足をとめて眺めていたところ、わたしは見た、はっきりと見たのだ。すぐ近くにあったそのうちのひとつの茎が、あたかも見えない手でねじ曲げられるように撓《たわ》んでゆき、やがてその手で摘まれたようにぽきりと折れるのを！　花は、まるで人が口もとへ持っていこうとしているかのようにカーブを描いて上にあがったかと思うと、澄んだ大気のな

9　パリから西へ十五キロほどの、セーヌ川沿いの村。ボートマンたちの集まる場所で、モーパッサンもよく訪れた。
10　ブージヴァルにほど近い島にある水上カフェ。ルノワールやモネの絵でも知られる。
11　一八七七年、イギリス国王が当時植民地であったインドの皇帝を称することによって成立。一九四七年のインド・パキスタン分離独立までつづいた。

かでひとりでに止まり、動かなくなってしまった。わたしのすぐ目のまえで、恐ろしげな赤い斑点となって宙に浮いているのだ。

花をつかまえようと、無我夢中でおどりかかった。だが、なにもない。花は消えていた。すると、自分自身にたいして猛烈に腹が立ってきた。そうではないか、理性的でまじめな人間にとって、こうした幻覚にとらわれるのは許しがたいことなのだから。

しかし、ほんとうに幻覚だったのか？　あたりを見まわして茎を探したところ、すぐに薔薇の上に見つかった。茎は、まだ枝についている二輪の薔薇の花のあいだにあり、たったいま折られたように見えた。

ひどいショックを受けて、家へ戻った。もはや疑いをさしはさむ余地はない。昼と夜が交互にやって来るように、確実なことなのだ。わたしの身近に目に見えない者が存在していて、そいつは牛乳や水を飲んで生きている。いろいろな物にさわり、それらを手にとったり、位置を変えたりすることができる。それゆえ、われわれの五感では捉えることができないとはいえ、そいつは肉体的な性質をそなえており、わたしと同じようにこの家に住んでいるのだ……

八月七日。——安らかに眠ることができた。水差の水は飲まれていたが、こちらの眠りは妨げられなかった。

精神に異常をきたしているのか。さきほど、陽光をあびながら川沿いを散歩していたら、自分の理性についていろいろ疑問がわいてきた。いままで抱いていたような漠然とした疑問ではなく、はっきりとした決定的な疑問だ。精神に異常をきたした者を何人か見たことがある。そのなかには、ある一点を除けば、聡明で、頭脳明晰で、人生の諸事万端にわたって洞察力をそなえている者すらいた。あらゆることについて明快かつ柔軟に、深慮をもって語るのだが、ひとたびかれらの思念が狂気の暗礁に突きあたると、それは粉々に砕けちってしまう。《精神錯乱》と呼ばれる、怒濤と濃霧と疾風にみちた、あの荒れ狂う大海のなかに沈んでしまうのだ。

自分の意識がはっきりしていなかったとしたら、また、自分の精神状態をよく知っておらず、それを明晰に分析して調べていなかったとしたら、わたしは精神に異常をきたして、ほんとうに頭がおかしくなってしまったと思ったことだろう。ようするに、わたしは幻覚にとらわれていて、それにもっともらしい理屈をつけていたにすぎないのだ。頭のなかで、まだ知られていない精神障害が起こっているのかもしれない。目下、生理学者たちが着目し、明らかにしようとしている、あの精神障害のひとつが。わたしの精神のなかで、わたしの思考の秩序と論理のなかで、そうした精神障害によって深い亀裂が生じたのだろう。似たような現象は夢のなかでも起こる。夢のなかで、われわれはおよそ非現実的な幻影にでくわすが、べつだん驚きはしない。検査する器官、すなわち検証する感覚が眠っているからだ。いっぽう、想像する能力は目ざめていて、活動している。わたしの場合、脳の鍵盤の目に見えぬキーのひとつが麻痺しているのかもしれない。事故に遭った人が固有名詞だとか、動詞、数字、もしくはたんに日付の記憶を失ってしまうことがある。こんにち、脳の思考をつかさどる部位については、それらの位置がことごとく明らかにされている。それゆえ、いまわたしの内部で、ある種の幻覚の非現実性を検証する機能が麻痺しているとしても、驚くにはあたらない。

川べりを歩きながら、そうしたことを考えていた。太陽は川面をかがやかせ、大地をこのうえなくうららかにしていた。陽光をあびていると、人生がいとおしく思えてくる。軽快に飛びかって目を楽しませてくれる燕が、風にそよいで耳にここちよい川辺の草が、いとおしく見えてくる。

ところが、しだいに、なんとも言いがたい不快感が胸にひろがった。ある力が、ある神秘的な力がわたしを麻痺させ、引きとめ、先へすすむのを妨げて、うしろへひき戻そうとしているように思われた。なんとしても家に戻らねばならない。そうした苦痛をともなう欲求に胸が締めつけられるようだった。ちょうど、自分の愛する病人を家に残したまま外出していると、ふとその病人の容態が悪化したような予感が脳裡をかすめたときのような。

そんなわけで、不本意ながら家にひき返した。手紙だか電報だかわからないが、なにか悪い知らせが届いているにちがいないと思って。ところが、なにも届いてはいない。ふたたびなにかの幻覚にとらわれたとしても、これほど驚き、これほど不安にはならなかったろう。

八月八日。——昨晩は恐ろしくてたまらなかった。あいつはもう現れなくなったが、すぐそばにいるのがわかる。わたしの動静を窺い、見はり、心を読み、支配しようとしているのだ。超自然的な現象によって、目には見えないがつねに身近にいるのがわかるときより、こうして影をひそめているときのほうがずっと恐ろしい。

それでも、わたしは眠りについた。

八月九日。――なにも起こらない。だが怖い。

八月十日。――何ごともなし。とはいえ、明日はどうなることやら。

八月十一日。――あいかわらずなにも起こらないが、こうした恐怖、こうした思いを胸にいだいたまま、家に居つづけることはできない。どこかへでかけなければ。

八月十二日、午後十時。――一日じゅう、どこかへでかけるつもりでいたのに、どうしてもできなかった。でかけること――自分の馬車でルーアンに行くこと――そうした、なんでもない、ごく単純な自発的行動を起こそうとしたのだが――できなかった。なぜだろう?

八月十三日。――なにかの病気にかかると、身体からすっかり精気が抜け、あらゆる活力が失われ、筋肉がことごとく弛緩して、骨は肉のように軟らかくなり、肉は水のように液化してしまうようだ。なんとも奇妙で残念なことではあるが、そうしたことがわたしの精神面で起こっているように思われる。もはやいかなる活力も、気力も、自制力も、そしてみずからの意志を働かせる力すらも失《う》せてしまった。なにかを欲するということが、もはやできなくなった。ところが、だれかがわたしに代わって欲すると、わたしはそれに従うのだ。

　八月十四日。――もうだめだ！　だれかがわたしの心を支配して、思いのままに操っている。あらゆる行為、あらゆる動作、あらゆる思考をわたしに命令する。もはやわたしはもぬけの殻もどうぜんだ。奴隷のような傍観者にすぎず、自分のなすことすべてをびくびくしながら見まもっている。たとえば外出したいと思う。ところが、できない。あいつが望んでいないからだ。わたしは半狂乱になり、ぶるぶる震えながら、あいつに坐らせられた肘かけ椅子にじっとしている。まだ自分を支配する力が残っていると信じたいために、わたしはせめて身を起こし、立ちあがろうとする。できない！　まるで椅子に釘づけにされたみたいだ。椅子は床にぴったりと張りついていて、梃子《てこ》でも動きそうにない。

そのうち、ふいに、どうしても、なんとしても庭の奥に行き、苺を摘んで食べたくなる。それで庭に出る。苺を摘み、そして食べる。ああ、神よ、神よ、神よ！　神は存在するのか？　もし存在するのなら、わたしを解放し、救いの手をさしのべ、救済してください。どうか赦《ゆる》しを、慈悲を、恩寵を与えたまえ。そして、わたしを救ってください！　ああ、なんという苦しみ、なんという責め苦、なんという恐怖！

八月十五日。——そうだった、気の毒ないとこが五千フランを借りにきたとき、このようになにかにとり憑《つ》かれ、操られていた。いとこのなかに他者の意志が入りこみ、いとこを服従させていたのだ。それはもうひとつの魂、人に寄生して支配するもうひとつの魂のようなものだ。いよいよ世界の終わりが近づいたのだろうか？

それにしても、わたしを支配しているのはどんなやつだろう？　この目に見えないやつ、この得体の知れぬやつ、この超自然界のごろつきは？

とにかく、目に見えないやつらは存在している。だとすれば、この世が始まって以来、やつらが今わたしにたいしてそうしているように、その存在が明らかにされたことがないのはどうしてなのか? この家で起こっているようなことが書かれた本を読んだことがない。ああ、この家を離れてどこかへ逃げだし、二度と戻らずに済むのなら。そうすれば救われるのだが、それができないのだ。

八月十六日。──きょう、二時間ほどだが、逃げだすことができた。たまたま牢獄の扉が開いているのを見つけた囚人のように。突然、自分が自由の身になり、あいつが遠くにいるように感じられた。急いで馬車の用意をさせ、ルーアンへ行った。ああ、自分の言うことを聞いてくれる人間に向かって、《ルーアンへやってくれ》と言うことができるのは、なんという喜びであることか!

図書館のまえで馬車を停《と》め、ヘルマン・ヘレシュタウス博士の大著を借りうけた。古今の、世界の未知の住民にかんする書物だ。

そして、ふたたび馬車に乗りこんで、《駅へ》と言おうとしたとき、思わず叫んでしまった──言ったのではなく、叫んだのだ──通りかかった人々がふりむくほどの大声で、《家へ》と。激しい不安に恐れおののいて、わたしは馬車のクッションの上に倒れこんだ。あいつに見つかり、またつかまってしまった。

八月十七日。――まったく、なんという夜、なんとひどい夜だろう！　とはいえ、喜ぶべきかもしれない。午前一時まで、ヘルマン・ヘレシュタウス博士の本を読みふけっていた。ヘレシュタウスは哲学と神統系譜学の博士であるが、人間のまわりをうろついているか、もしくは人間の夢想の生みだした、目に見えぬあらゆる存在についての歴史およびその出現についての本を著《あらわ》している。博士はかれらの起源、領域、勢力について述べている。ところが、そのいずれもが、わたしにとり憑いているやつには似ていない。人間はものを考えるようになって以来、自分たちよりも強く新しい存在、つまり、この世界で自分たちの後継者となる新しい存在を予感し、恐れてきたらしい。人間はそうした存在を身近に感じながら、そのあらたな支配者の本性を予測することができず、不安に駆られて摩訶不思議な存在である架空の民族を、つまり、恐怖心から幽霊のようなものをつくりだしたらしい。

そんなわけで午前一時まで本を読みつづけ、それから、開け放した窓のそばに腰をおろして、穏やかな夜風にあてて頭と思念を冷やした。暖かく、気持のいい夜だった。以前は、こうした夜をどれほど愛したことか。

月は出ていなかった。暗い夜空の高みで星がまたたいていた。あれらの星にはだれが住んでいるのだろう？　どのような形状のものが、どのような生き物が、どのような動物や植物がそこには棲息しているのか？　あの遠い世界で考えている者たちは、われわれ以上にどんなことを知っているのだろう？　われわれ以上になにができるのだろう？　われわれの知らないどんなものを見ているのだろう？　いつの日か、そうした者たちが広大な空間を渡って、地球を征服しにやって来るのだろうか？　かつて、ノルマン人たちが海を渡って弱小の民族を征服したように。

われわれはしごく虚弱で、無力で、無知で、ちっぽけな存在なのだ。一滴の水に溶けて回転している、この泥粒の上にいるわれわれ人間は。

涼しい夜風にあたりながら、そうしたことをぼんやり考えているうち、ついうとうととしてしまった。

ところで、四十分ばかり眠ったところで、なにやら奇妙な胸騒ぎをおぼえて目をさまし、じっとしたまま目を開けた。はじめのうち、なにも見えなかった。しばらくすると、突然、テーブルの上に開いたまま置いてあった本のページがひとりでにめくれたように思った。もちろん、窓からはそよとの風も入ってこなかった。呆気《あっけ》にとられて、わたしはただ待っていた。四分ほどして、わたしは見た。まちがいない、この日でたしかに見たのだ。あたかも指でめくったように、つぎのページがひとりでにもちあがり、まえのページの上に落ちるのを。肘かけ椅子にはだれもいない、だれもいないように見える。だが、わたしにはわかる、あいつはそこにいて、わたしの椅子に腰をおろし、本を読んでいるのだ。猛獣使いを引き裂こうとする牙をむいた獣のように、わたしは猛然と部屋をつっきって、あいつをとっつかまえ、絞めあげ、殺してやろうとした！……ところが、わたしがそこに達するまえに肘かけ椅子はひっくり返ってしまった。まるで、あわてただれかがそこから逃げだしたかのように……テーブルが揺れ、ランプは倒れて消えてしまった。そして、不意をつかれた泥棒が両開きの扉を閉め、暗闇のなかへとびだしていったみたいに、ぱたんと窓が閉まった。

ということは、あいつは退散したのだ。わたしを恐れているというわけか、あいつは。

だったら……だったら……あしたか……あさって……でなければ、いつの日か、この手であいつをとっつかまえ、地べたに押さえつけてやることだって、できないわけじゃない。ときには犬ですら、主人に噛みついて、死に至らしめることだってあるのだから。

八月十八日。――朝からずっと考えていた。残念だが、やはりあいつに従うことにしよう。あいつの気まぐれにつきあい、あいつの意のままに行動し、へりくだり、服従し、卑屈な人間になるほかはない。とうてい、あいつにはかなわないのだから。とはいえ、見ているがいい……

八月十九日。――わかった……わかったぞ……なにもかもわかった。たったいま読んだ「科学評論」誌に、こう書かれていた。《興味ぶかい情報がリオデジャネイロから届いた。精神錯乱が、精神錯乱の伝染病が、目下、サンパウロ州で猛威をふるっている。かつて、中世ヨーロッパの人々をおそった伝染性錯乱にも似たもので、うろたえた住民たちは農作物をあきらめ、家を去り、村を捨てている。住民らによれば、たしかにいることは感知できるのだが目に見えない存在、つまり吸血鬼のようなものによって、自分たちは家畜同然に追いまわされ、とり憑かれ、支配されているのだという。その吸血鬼のような存在は、住民らが眠っているあいだにかれらの生命をむさぼ

るのであり、また、水と牛乳は飲むものの、ほかの食物にはいっさい手をつけないらしい》

《ドン・ペドロ・エンリケス教授は医学者数人とともにサンパウロ州へ向かった。この驚くべき精神錯乱の原因と実態を現地において研究し、錯乱状態に陥った人々を正気にたち返らせるのに最適と思える措置を皇帝に進言する予定である》

ああ、そうか、思いだしたぞ。みごとな三本マストのブラジル船がセーヌ川をさかのぼり、この家の窓の下を通過していったことがあった。たしか五月八日のことで、なんとも美しい、純白の、爽やかな船だった。あいつはあの船に乗っていた。あいつの種族の生まれた土地からやって来たところだったんだ。あいつはわたしを見た。真っ白なわたしの家も目に入って、あいつは船から岸にとび降りたんだ。ああ、そうだったのか！

いまにしてわかった、やっとわかった。人間の時代は終わったのだ。

あいつがやって来た。素朴な未開民族がなによりも恐れていたあいつが。不安に駆られた司祭たちが悪魔祓《ばら》いをし、魔術師どもが闇夜に呼び寄せようとするものの、いまだ姿を現したことのないあいつが。この世界の仮の支配者である人間は、やつらの存在をそれとなく感じて、地の精《グノーム》、精霊、妖精、仙女、小妖精など、異様な、さもなければ優美な、ありとあらゆる姿をあたえたのだ。こうした粗雑なイメージは未開人の恐れの所産であるが、より明敏になった人間は、もっと明確にやつらの存在を感じとった。メスメルがその存在を見抜いていたし、十年もまえから、何人かの医師たちはあいつが力を行使する以前に、その力の本質を精確につきとめていた。医師たちはこの新しいご主人さまの武器をもちいて、奴隷となった人間の精神を、ある神秘的な意志によって支配した。動物磁気だとか、催眠術だとか、催眠暗示だとか……そんなふうに、かれらは呼んでいるようだが。わたしの見たところ、医師たちは、まるで子どものように軽々しくその恐るべき力をもてあそんでいるのだ。われわれに禍《わざわい》あれ！　人間に禍あれ！　あいつがやって来た。ル……ル……なんといったっけ……ル……名前を叫んでいるようだが、聞こえない……ル……そうだ……やはり叫んでいる……耳を澄ます……だめだ……もう一度……ル……オルラか……聞こえた……ル・オルラ……あいつだ……ル・オルラだ……あいつがやって来た！……

ああ、禿鷲は鳩を喰い、狼は羊を喰った。ライオンは鋭い角をもつ水牛を餌食《えじき》にした。人間はそのライオンを矢や剣や火器で殺した。ところが、オルラはわれわれが馬や牛にしてきたことを、こんどは人間にしようとしている。意志の力だけで、人間をあいつの所有物に、僕《しもべ》に、食料にしようとしているのだ。われわれに禍あれ！　とはいえ、動物だってときには反抗して、飼主を殺すことがある……自分だってその気になれば……できないことはあるまい……でも、それにはあいつを知り、あいつに触れ、あいつの姿を見なければ。学者の言うところでは、動物の目は人間の目と異なり、われわれと同じようには物を識別できないのであるとか……それなのに、人間であるわたしの目は、わたしを虐げる新来者を識別できないのだ。

なぜだろう？　モン＝サン＝ミシェルの修道士が言ったことを思いだした。《われわれは、はたして存在しているものの十万分の一も見ているのでしょうか？　たとえば、いま風が吹いておりますが、風というのは自然界でもっとも大きな力を持っています。人間を吹きとばし、建物を倒壊させ、樹木を根こそぎにし、山のように海原を盛りあげ、断崖をうち崩す。そればかりか、大きな船を暗礁に乗りあげさせたりもする。風は人の命を奪い、ひゅーひゅーと吹き荒れ、うめき声やうなり声をあげます。あなたはそんな風を目にしたことがありますか、そもそも、それは目に見えるものなのでしょうか？　けれども、風はちゃんと存在しているではありませんか》

さらに、こうも考えてみた。わたしの目はあまりに非力で不完全であるから、堅固な物体であっても、もしそれがガラスのように透明であったら、識別することができないのだ……かりに、裏箔《うらはく》を張っていない鏡がわたしの行く手をふさいでいたら、部屋に飛びこんできた小鳥が窓ガラスに頭を打ちつけるように、わたしは鏡に衝突してしまうだろう。わたしの目を欺いたり迷わせたりするものは、いくらでもあるのではないか。だったら、光がつき抜ける新しい物体を目が知覚できなくても、驚くにはあたらない。

新しい生き物だ。そうとも、そいつは来るべくして来たのだ。どうして、われわれ人間が最後の生き物だと言えるのか？　われわれ以前に創造された他のあらゆる生き物と同じように、われわれはそいつを識別することができないではないか？　なぜかといえば、そいつの本性はより完全であり、その肉体はより精妙で、より完成されているからだ。われわれの肉体はずっと脆弱で、ずっと粗雑にできているから、なかに詰まっている器官はいつも調子が悪く、複雑すぎるばねのようにいつも無理を強いられている。植物や動物と同じように、われわれの肉体は空気や草や肉からどうにか栄養をとって生きている。言うなれば、病気、ゆがみ、腐敗に苛《さいな》まれる動物的な機械であり、すぐに息の切れる、調整不良の、素朴で奇妙な機械、見かけ倒しの出来そこないの機械、粗雑にして脆弱な機械なのだ。いつの日か、知的で優れたものになる可能性を秘めてはいるが、不完全で未完成の生き物なのだ。

牡蠣《かき》から人間にいたるまで、生物という生物は、この地球上ではまったくとるに足りない存在だ。ある期間にさまざまな種の生物が次から次へと出現し、その期間が終了してひと区切りつくと、あらたな種がもうひとつ現れてもなんら不思議はない。

そうではないか。地域一帯を馥郁《ふくいく》たる香りでみたす、目にも鮮やかな巨大な花をつけた樹木が他にあってもいいのではないか。火や空気や土や水以外に、他の要素があってもいいのではないか。――万物の生みの親とも言える基本要素が四つ、たったの四つしかないとは、なんと惨めなことだ！　四十、四百、四千あってはいけないのか。あらゆるものが貧しく、卑小で、哀れではないか。わずかな材料しか与えられず、大雑把に考案され、粗雑につくられている。ああ、象や河馬《かば》がどれほど優美だというのか、駱駝《らくだ》がどれほど優雅だというのか。

ならば、宙を舞う花、蝶はどうだろう。とてつもなく大きな蝶を夢想してみる。すると、その翅《はね》の形、美しさ、色、それにその動きをどうして言い表すことができよう。

だが、わたしには見える……星から星へと蝶が飛びまわり、軽やかでよどみない羽ばたきで、星々を清新でかぐわしい息吹でみたすのが……そうして、星の住人たちは蝶が通りすぎていくのを陶然と眺めているのだ……

…………………………………………………………………………

いったい、どうしたことだろう？　あいつだ、あのオルラのやつがとり憑いて、こうした馬鹿げたことを考えさせるのだ。あいつはわたしの内部に入りこんで、精神を乗っとったのだ。あいつを始末しなければ！

八月十九日。[12]——あいつを始末しよう。あいつの姿を見た！　きのうの晩、わたしはテーブルのまえに坐り、あたりに気をくばりながら、ものを書くふりをしていた。ちゃんとわかっていた、あいつがやって来て、わたしのそばをうろつくだろうと。すぐそばなら、あいつに触り、とっつかまえることができるかもしれない。で、それからどうしよう？……そうなったら死にものぐるいで、両手、両膝、胸、額、歯までを総動員し、あいつを締めあげ、押しつぶし、嚙みつき、八つ裂きにしてやるまでだ。全身の器官という器官を極度に緊張させて、あいつを待ちかまえていた。

ランプふたつとマントルピースのろうそく八本に火を点しておいた。これくらい明るければ、あいつを見つけることができるだろう。

正面にはベッド、支柱の四本ついたオーク材の古いベッドがある。右手に暖炉、左手にはドア。そのドアはあいつをおびき寄せるためにしばらく開けはなしておいたのだが、用心して閉めてしまった。背後にあるのはかなり丈の高い衣裳だんすで、鏡がついている。毎日、この鏡のまえでひげを剃ったり、服を着替えたりするし、まえを通りかかると、そのたびに、頭のてっぺんから足の先まで全身を映してみる。

さて、わたしはものを書いているふりをした。むこうもこちらのようすを窺っているはずだから、あいつを欺くためだ。すると、突然、感じた。たしかに、あいつは肩ごしに文字を読んでいる。あいつはすぐそばにいて、わたしの耳に軽くふれたのだ。

わたしは両手を伸ばして立ちあがった。あわてふりむいたので、倒れそうになった。すると、どうだ……昼間のように明るいのに、鏡に自分の姿が映っていな

---

12 同じ日付がつづくが、草稿にも訂正の跡はない。作者の不注意によるものか、意図的なものであるのかは不明。

い！……そこに人の姿はない。煌々《こうこう》たる明かりに満ちて、奥のほうまでくっきり映しだされているのに、自分の姿がない……真っ正面にいるというのに！　澄みきったガラス板を、わたしは上から下まで眺めた。パニックに陥りながら鏡を眺めた。足を踏みだすことも、身動きひとつすることもできなかった。あいつがここにいるのはよくわかっているが、また逃げられてしまうかもしれない。あいつは目に見えない身体を持っていて、それでわたしの姿をも隠してしまうくらいなのだから。

なんと恐ろしいことだ。そのうち、突然、鏡の奥の靄のなかに、自分の姿が見えはじめた。まるで水のカーテンをとおして見るように、ぼんやりと。その水は左から右へゆっくり移っていくように思われ、しだいにわたしの姿ははっきり見えてきた。さながら日蝕が終わるのを見るようだった。わたしの姿を覆いかくしていたものは、はっきりとした輪郭を持っておらず、光をとおさない半透明のものであるらしく、徐々にその姿を現していった。

ようやく、自分の姿を完全に認めることができた。毎日、鏡のなかに見ているように。

あいつの姿を見た！　まだその恐怖が残っていて、背筋が寒くなる。

八月二十日。――あいつを始末するには、どうしたらいいだろう。あいつをこの手でつかまえることはできないのだから、毒でも盛るか？　でも、水に毒薬を混ぜるところを見られてしまうだろう。それに、毒薬は目に見えないあいつの身体に効果があるだろうか？　だめだ……だめだ……だめにきまってる……それでは……それでは、どうしたら？……

八月二十一日。――ルーアンから錠前屋を呼んで、寝室に鉄のブラインドをとりつけてもらうことにした。泥棒対策として、パリの私邸の一階などによく見られるやつだ。ドアも、そうした私邸のと同じものをつくらせよう。臆病者と思われようが、なに、かまうことはない……

……………………………………………………………………………………

九月十日。――ルーアン、ホテル・コンチネンタル。やった……やったぞ……だが、あいつはほんとうに死んだのか？　自分が目にしたことにショックを受けている。きのうのことだが、錠前屋が鉄のブラインドとドアをとりつけてくれた。いくらか冷えこんできたものの、真夜中まで窓もドアもすっかり開けはなしておいた。

ふと、あいつが部屋にいるのを感じて、歓喜が込みあげてきた。えも言われぬ歓喜が。わたしはおもむろに立ちあがり、あいつに気づかれないように、右に左にしばらく歩きまわってみた。それから、さりげなくアンクルブーツを脱いで、スリッパに履き替えた。鉄のブラインドを閉め、忍び足でドアのほうに戻ると、しっかりと鍵をかけた。それから、ふたたび窓のところへ行き、南京錠をかけて、鍵をポケットにしまった。

ふと、自分の周囲をあいつが動きまわっているのがわかった。こんどはあいつのほうが怖がっていて、窓やドアを開けてくれとせがんでいるのだ。もう少しで聞きいれるところだったが、そうしなかった。わたしはドアを背に後ずさりしながら、かろうじて自分ひとりが通れるだけドアを開けて抜けだした。しかも、わたしはかなり大柄であるから、頭が戸口の上部に触れていた。あいつが逃げだすことができなかったのは確実だ。とうとうあいつをひとりきりにして、閉じこめてしまったのだ。嬉しくてたまらない、やっとあいつを捕まえることができた！　わたしは階段を駆けおりて寝室の下の客間に入ると、ランプふたつを手にとって、絨緞《じゅうたん》の上だの、家具の上だの、いたるところに油をふり撒いた。そして、火をつけて逃げだした。もちろん、入口の大扉にはきっちりと鍵をかけて。

庭の奥に行って、月桂樹の植込に身を隠した。長かった、じつに長かった！　あたりは真っ暗で、しんと静まりかえり、何ひとつ動くものはなかった。そよとの風もなく、星ひとつ見えない。ただ、目にこそ見えないが、山のような雲が重く、耐えがたいほど重く、心にのしかかっていた。

わが家を眺めながら、わたしは待った。それがどれほど長かったことか。火はひとりでに消えてしまったのか、それともあいつが消したのか。そう思いはじめたとき、突如として一階の窓のひとつが火炎の勢いでうち壊された。大きな炎が、長く、柔らかそうな、赤黄色をした炎が、愛撫するように白い壁を這《は》いのぼり、屋根まで舐《な》めつくした。ひと筋の光が木々の、枝の、木の葉のあいだを走ったかと思うと、同じように戦慄が、恐怖の戦慄が走った。小鳥たちが目ざめ、犬が吠えだして、まるで夜が明けはじめたかのようだ。残りの窓ふたつもたちまち崩壊し、階下全体はもはや燃えさかる炎の塊と化していた。ところが、ぞっとするような、甲高い、悲痛な叫び声が、女の叫び声が夜の闇をつらぬき、屋根裏部屋のふたつの窓が開いた。使用人たちがいたのだ！　恐慌をきたしたかれらの顔が見え、懸命に腕を振るのが見えた……

恐ろしさのあまりわれを忘れて、わたしは村へむかって走りだした。「助けてくれ、助けてくれ！　火事だ、火事だ！」と叫びながら。早くも駆けつけてきた人々と出会うと、家のようすを見るためにいっしょにひき返した。

いまや、わが家は恐ろしくも壮麗な火刑台となっていた。あたり一面を照らしだす、とてつもない火刑台。何人もの人を焼いている火刑台。そこでは、あいつも、わたしが閉じこめてやった、あいつもまた焼かれているのだ。あらたな生き物であり、あらたな支配者である、あのオルラも！

突然、屋根がすっぽりと壁のあいだにのみ込まれ、火柱が空高く噴きあがった。猛火の上に開いている窓という窓から、横溢する炎が見えた。あいつはあそこに、あのかまどのなかにいるのだと思った。おそらく生きてはいまい……

《死んだのか。さあ、どうだろう？……あいつの身体は、あいつの身体は陽の光が通りぬけてしまうのだから、人間を殺すようなやりかたでは滅ぼすことができないの

ではあるまいか？》
《もし、あいつが死んでいないとしたら？……おそらく、時間だけがこの目に見えぬ恐るべき存在を退治しうるのだ。あの半透明の、識別不能の、霊的な肉体を持つあいつが、どうして人間と同じように病気や、怪我や、身体の障害や、早世などを恐れるだろう？》
《早世といえば、人間のあらゆる恐怖はここに由来する。人間のあとにつづくのはオルラだ。――毎日、毎時間、毎瞬間、そして事故のたびに命を落とすわれわれ人間のあとに、あいつが到来したのだ。あいつは、滅ぶべき日、滅ぶべき時間、滅ぶべき瞬間にならなければ死なない。その寿命が尽きるまで、あいつはけっして死ぬことはないのだ！》
《いや……だめだ……まちがいなく、そうだ、まちがいなく……あいつは死んではいない……だとすると……だとすると……死ななければならないのは、わたしだ、わたしのほうだ！……》

……………………………………………………………………………………

離婚

DIVORCE

世に知られたパリの弁護士で、十年来、仲たがいした夫婦の別居訴訟[1]を手がけてあまたの成功をかちえているボントラン先生は、事務所のドアを開け、新しい依頼人を室内に招じ入れた。

依頼人は赤ら顔の太った男で、濃い金色の頬ひげを生やしている。太鼓腹で、血色がよく、いかにも精力に満ちあふれたようすだ。男があいさつすると、

「どうぞ、おかけください」と弁護士は言った。

依頼人は腰をおろし、ひとつ咳ばらいをしてから、

「じつは、離婚訴訟の弁護をお願いしようと思いまして」

「わかりました、承りましょう」

「以前、わたしは公証人をしておりました」

「以前、ですか?」

「そうです、わたしは三十七歳でして」

「なるほど、で?」

「じつは、不幸な、とんでもなく不幸な結婚をしてしまいました」

「そういうかたは、世間にいくらでもおりますよ」

「承知しております、また、そうした人たちには同情もしているのですが、わたしのケースはかなり特異なものでして。妻にたいする起訴理由にしても、きわめて特殊な性質のものなのです。とにかく、ことの発端から申しあげましょう。わたしはすこぶる奇妙なかたちで結婚に至ったのです。先生は有害な思想というものがあるとお思いですか?」

「と申しますと?」

「毒が人体に有害であるように、ある種の思想は精神に害をなすとお考えでしょう

1　この小説が新聞に発表されたのは一八八八年。その十年まえは、離婚は法律で認められていなかった。離婚制度が合法化されて、実際に離婚が可能になったのは一八八六年のことであるから、当時としては離婚はアクチュアルな問題だった。

か?」

「仰《おっしゃ》るとおりでしょう、おそらく」

「まさしく、そうなのです。ある種の思想はわれわれの心のなかに入ってくると、それに抵抗できない場合、われわれを蝕《むしば》み、われわれの命を縮め、われわれの頭をおかしくするのです。人の魂を蝕む根《ね》蚜虫《あぶらむし》[2]みたいなものかもしれません。不幸にして、そうした思想のひとつでも心のなかに入ってきたとしましょう。そして、それが侵略者であり、支配者であり、圧制者であることにすぐ気づかなかったとしたらどうでしょう。それが、刻一刻、日一日、勢力を拡大してゆき、たえず心のなかに舞いもどってそこに根を張り、日々の関心事をことごとく追いはらい、注意力をのこらず奪い去り、判断の基準を変えてしまうことに気づかなかったとしたら、のっぴきならないことになるのではありませんか。

それでは、先生、わたしの身に起こったことを聞いていただけますか」

★

すでに申しあげましたように、わたしはルーアンで公証人をしておりました。いつも懐《ふところ》がさびしくて、暮らし向きは逼迫《ひっぱく》しているというほどではなかったにせよ、けっして楽ではなく、気苦労がたえませんでした。たえず切りつめて暮らすことばかり考え、趣味道楽のたぐいも極力つつしまねばならなかったのですから、わたしくらいの年ごろの者にとっては、ずいぶんみじめな思いを味わっていたものです。

公証人という商売がら、新聞の第四面の広告や、求人・求職欄や、投書欄などにはくまなく目をとおしていましたが、そのおかげで、依頼人に好条件の縁談を世話したこともいくどかあります。

ある日、こんな広告が目にとまりました。

《容姿端麗にして、良家の独身女性、誠実なる紳士との結婚を希望。持参金二百五十万フラン〔約二十五億円〕。委細面談》

ところで、ちょうどその日、友人ふたりと夕食をともにしました。ひとりは代訴士[3]、

2 葡萄の葉や根に寄生して、木の生育を阻害する害虫。
3 もっぱら訴訟手続の進行を担当した。当時、弁護士の役目は法廷での弁論に限られていた。

もうひとりは製糸工場主です。どういうわけか結婚が話題にのぼったので、わたしは笑いながら、例の二百五十万フランの持参金つき独身女性の話をしました。

「その手の女というのは、いったい何者なんだろうな?」製糸工場主が言いました。代訴士は、そうした願ってもない結婚の例をいくつか知っていて、くわしく話してくれましたが、やがてわたしに向かってこう言うのです。

「おいおい、人ごとじゃなくて、きみ自身はどう思うんだ? そうだろう、二百五十万フランあったら、気苦労とはおさらばできるんだから」

わたしたちは声をそろえて笑いだし、その話題はそれっきりになりました。

一時間ほどして、わたしは家に帰りつきました。

寒い晩でした。おまけに、住んでいるのが古い家ときています。マッシュルームの栽培所みたいな、古びた田舎家なのです。階段の鉄の手すりに片手をかけたら、めっぽう冷たくて腕がぞくぞくしてきました。もう一方の手を伸ばして壁をさぐると、壁にふれたとたん、こんどはじっとりとした寒けが全身につたわり、苦悩やら、悲哀やら、いらだちやらが胸にひろがっていくのです。そのとき、突然、例の持参金つきの女性のことが思いだされて、思わずこうつぶやいてしまいました。

「あーあ、あの持参金が、あの二百五十万フランがあったらなあ！」

わたしの部屋というのが、これまた陰気くさい部屋でしてね。ルーアンの独身男が住むような部屋と言ったらおわかりいただけると思いますが、ひとりの女中に炊事ともども身のまわりの世話をしてもらっておりました。カーテンのついていない大きなベッドがひとつ、それに衣裳だんす、整理だんす、洗面台がそれぞれひとつずつで、火の気はありません。椅子の上には服が脱ぎすてられたまま、床には紙くずが散らばっています。ときどきカフェ・コンセール[4]に行くので、そこで耳にした唄の節に合わせて、こんなふうに口ずさんでみました。

二百万だよ

二百万

あったらいいな

4　十九世紀末に最盛期をむかえた、飲食物をとりながら唄を聞いたりショーを見たりできるカフェ。カフェ・シャンタンとも言う。

それとおまけに五十万
別嬪《べっぴん》さんもつけとくれ

それまで、その女のことを思いうかべたことはなかったのですが、ベッドに入るとたんに気になりだして、そうなるとなかなか寝つかれませんでした。

翌日は夜が明けるまえに目ざめてしまい、ある重要な用件で八時にダルネタルへ行かねばならないことを思いだしました。もともと六時に起きなければならなかったのですが――その朝は凍りつくような寒さです。つくづく、二百五十万フランあったらなあと思いました。

事務所に戻ったのは十時ごろです。部屋のなかにはいろいろな臭いがただよっていました。赤く焼けたストーブ、古い書類、提出済の訴訟書類などの臭いですが――たまりませんね、とくに最後のやつは――それに公証人見習たちの臭い――ブーツだの、フロックコートだの、シャツだの、髪の毛だの、冬場なのでろくに風呂に入っていない体臭だのがくわわって、こうしたものすべてが十八度の室温でむっと温められているんですから。

いつもどおり、焼いた羊の骨つき背肉《コートレット》とチーズで昼食を済ますと、わたしはまた仕事にとりかかりました。

そのときになってようやく、二百五十万フランの持参金つきの女性のことを真剣に考えてみました。いったい何者だろう、手紙を書いてみようか、なんとか正体をつきとめることができないものか、などとね。

かいつまんで申しあげますが、先生、二週間、こうした考えが頭から離れず、しつこくつきまとって、わたしを苛《さいな》むのです。さまざまな気苦労や、懐具合のさびしいことでたえず愚痴をこぼしてはいるものの、その日まではとくに気にとめることもなく、ほとんど意識にのぼることすらありませんでした。ところがそれ以来、そうしたことが針のようにちくりと胸を刺し、痛みをおぼえるたびに、例の二百五十万フランの女性のことを考えてしまうのです。

やがて、その女性の身の上なるものを想像してみました。人間ってやつは、先生、なにかあることを欲すると、そいつを自分の望んでいるとおりに思いえがいてしまう

5 ルーアンの東に隣接する町。

んですね。

それほどの持参金のついた良家の娘が、新聞に広告を出して結婚相手を探すなんて、いかにも不自然な話です。しかしまあ、まっとうな娘であるかもしれないし、やむにやまれぬ事情があるのかもしれません。

そもそも、二百五十万フランの資産にしてもですね、現実ばなれした、目がくらむほどの金額というわけではないでしょう。公証人という仕事がら、六百万、八百万、一千万、あるいは一千二百万フランの持参金つきの結婚の申込だって、よく目にしております。一千二百万フランという金額など、珍しくもないんですよ。もちろん、けっこうな金額ではありますがね。ただ、この種の約束がはたして真実のものであるかとなると、あまり信を置くことはできません。とはいえ、そうした約束を前提として架空の数字を心に思いえがくと、だれしも警戒心がゆるんで、その数字がしめす莫大な金額がある程度現実味をおびてくるのです。そうなると、二百五十万フランの持参金はかなり可能性があり、いかにも道義にかなったものに思えてくるではありませんか。

それで、こんな想像をしてみました。その娘は成金の男と小間使とのあいだにできた私生児で、突然父親の遺産を相続することになった。同時に、自分の出自に汚点のあることがわかり、のちに自分を愛してくれる男にそのことを知られては困るので、ごくありきたりの方法ですが、見ず知らずの人に呼びかけることにしたというわけです。こうした方法をもちいること自体が、素性にやましい点があるのをそれとなく告げているようなものですけどね。

こうした想像はばかげていると思われるかもしれませんが、頭からそれを追いはらうことはできませんでした。われわれ公証人は小説など読むべきではないのですが、わたしはよく読んでいたので、そのせいかもしれません。

さて、わたしは公証人として、広告に応じる依頼人があったことにして手紙を書き、その返事を待っていました。

五日後の午後三時ごろでした。事務所で仕事をしていますと、書記長が来客を告げました。

「マドモワゼル・シャントフリーズがおみえです」

「とおしてくれ」

三十がらみの女性が入ってきました。体格はがっちりしているほうで、髪は褐色、なにやらばつが悪そうなようすです。

「どうぞ、おかけください」

女は腰をおろすと、つぶやくように言いました。

「あの、わたくしでございます」

「と仰いますと？　まだ存じあげていないように思いますが」

「お手紙をいただきました者です」

「結婚の件で？」

「はい、そうです」

「これはこれは、ようこそ！」

「こうしたことは、直接お目にかかってお話ししたほうがよろしいと思って、やって参りました」

「仰るとおりです。で、結婚をご希望でしたね？」

「さようです」

「ご家族は？」

女はもじもじしながら、目を伏せて、言いにくそうに、

「いえ、あの……母は……それに父も……亡くなりました」

思わず身震いしました。それでは、想像したとおりではないか——にわかに、この気の毒な女性にたいする強烈な同情の念が心に芽ばえたのです。相手の気持をいたわって、話題を変えることにしました。

「財産については、まちがいありませんか？」

こんどはきっぱりと答えました。

「はい、まちがいございません」

わたしはじっくり女性を観察しました。ちょっとばかり、というか思っていたよりも薹《とう》が立っていたものの、好感をおぼえたのは事実です。顔だちだって悪くないし、恰幅《かっぷく》のいい、てきぱきとした女性です。そのとき、ふと、ひと芝居うってみる気になりました。どうやら持参金はまちがいなさそうだから、でっちあげた依頼人に代わって、こっちが女の恋人になってやろうと思ったのです。依頼人は陰気な男で、たいへん立派な人物であるが、いくらか病気がちであると女に話しました。

女は語気を強めて、

「でも、わたしとしては、健康なかたのほうが」

「とにかく、会ってみてはいかがでしょう。とはいっても、きのうイギリスに発《た》ちましたので、三、四日のうちにというわけには参りませんが」

「あら、残念ですわ」

「なあに、ご心配にはおよびません。ご帰宅をお急ぎで?」

「いえ、そんなことはございません」

「でしたら、当地に滞在されてはいかがでしょう。わたしでよければ、退屈しのぎのお相手をいたしますが」

「ありがとうございます」

「ホテルにお泊まりですか?」

女はルーアンきってのホテルの名をあげました。

「それでは、マドモワゼル、未来の……公証人が、今晩、夕食にお招きしたいと思うのですが」

女はためらっているように見えました。そわそわしながら、どうしようかと考えているようでしたが、やがて決心がついたとみえ、

「ええ、お願いいたします」

「では、七時にお迎えにあがります」

「はい」

「では、また今晩」

「はい」

わたしは戸口まで女を送っていきました。

七時に、わたしはホテルへ行きました。女はすでに入念に身づくろいをして待っており、婀娜《あだ》っぽさをふりまきながら迎えてくれました。

行きつけのレストランに女を案内して、食欲をそそる料理を注文しました。

一時間ほどすると、おたがいにすっかりうちとけて、女は身の上を語りだしたのです。ある貴族に誘惑された上流婦人の娘で、農家に里子に出されたそうで。目下裕福な身であるのは、両親の莫大な遺産を相続したからで、両親の名前はどうしても明かすことができないとのこと。たとえ、教えてほしいとせがんでも、明かしてはくれなかったでしょうね。こちらもさして知りたいとは思わなかったので、財産について訊《き》いてみることにしました。すると、女はすぐさま実務家らしい口調で、自信たっぷりに話してくれました。いちいち数字をあげながら、証券、所得、利子、投資などについて、確信をもって語るのです。こうしたことにかけては信頼できる相手だとわかり、わたしはそれとなく、とはいえ気のあることがはっきりわかるように、女性にお世辞をふりまきました。

女はしとやかな態度で、いくらかきどった文句を口にしました。相手にシャンパンをすすめては自分も飲んでいるうち、だんだん頭がぼうっとしてきましてね。このまま行くと、なにやら大胆なことでもしでかしかねないので、自分自身が、そして女が怖くなってきたんですよ。相手が心を昂《たかぶ》らせて、自制心をなくしてしまうのが心配だったんです。気を鎮めるため、わたしはまた持参金の話をもちだしました。依頼人は実業家であるから、はっきりとり決めておく必要があるとね。

女は上機嫌で答えました。

「仰るとおりですわ。必要な証書はぜんぶ揃っております」

「というと、ルーアンに持ってきているんですか？」

「ええ、ルーアンに」

「では、ホテルにあると？」

「ええ、もちろん」

「見せていただけますか？」

「ええ、もちろん」

「今晩にでも？」

「ええ、けっこうです」

そうと決まれば話が早く、勘定を済ませて、さっそく女のホテルへひき返すことになりました。

女のことばどおり、証書はすべて揃っていました。もはや疑いの余地はなく、わたしはそれらの証書類を手にとって確かめ、目をとおしました。そうしているうち、むやみに嬉しくなって、いきなり女に接吻したくなってきたのです。といっても邪心はなく、素直に喜びを表明したかったからなのですが、なんと、わたしはほんとうに接吻してしまいました。一回、二回、十回と接吻をかさねるうち……なんと言いますか……シャンパンの酔いも手伝って……わたしは……いや……むしろ女のほうが……誘惑に屈してしまったというわけで。

そんなことになってしまい、先生、こちらは苦りきっておりましたが……女のほうはさめざめと泣いているではありませんか。そして、裏切らないで、見すてないでと泣きついてくるので、悪いようにはしないとわたしは約束し、なんとも後味の悪い思いで、ホテルを出ました。

どうしたらいいでしょう？　わたしは依頼人を騙《かた》って、女性をもてあそんでしまったのですから。ほんとうに女との結婚を希望する依頼人がいれば、なんら問題はなかったのです。ところが、その依頼人、お人よしの依頼人、公証人に欺かれた依頼人というのが、わたし自身だったわけですからね。まったく、面倒なことになってしまいました。まあ、女を見すてることもできないわけではありません。でも、そうなると、あの持参金はどうなるでしょう。あの、すばらしい、潤沢な、確実に手にすることのできる持参金は！　だいいち、あんな目に遭わせておきながら、あの気の毒な娘を見すてるなんて、どうしてできるでしょうか。そうかといって手を切らずにいたら、のちのち困ることになるのは目に見えています。

これほど簡単に陥落してしまうような女では、不安でたまりませんでした。

決心がつかないまま、苦しい一夜を過ごしました。後悔の念に苛まれ、不安が胸に渦巻き、良心の呵責《かしゃく》に責められつづけました。それでも、朝になると分別をとり戻しました。わたしは入念に服装をととのえ、十一時が鳴るのを聞いて、女の泊まっているホテルに出むいたのです。

わたしの顔を見ると、女は目もとまで赤くなりました。

わたしはこう言いました。

「過ちをつぐなうには、ほかに方法がありません。わたしと結婚していただけますか」

女はつぶやくように言いました。

「承知しました」

そうした次第で、わたしはその女と結婚したのです。

半年のあいだは、なにもかも順調にはこびました。

公証人事務所は人手に渡し、金利収入で暮らす身分になりましてね。妻にたいしては何ひとつ不満はなく、批難めいたことは一度も口にしたことがなかったくらいです。

ところが、ときおり妻が長時間家をあけることに、だんだん気がついてきたのです。

外出する日は決まっています。たとえばある週は火曜日だとすると、翌週は金曜日といったぐあいでして。てっきり浮気でもしているのではないかと思い、跡をつけてみることにしました。

火曜日でした。妻は一時ごろ家を出ると、歩いてラ・レピュブリック通り[6]をくだり、右に曲がって、大司教の邸宅に沿った通りをすすみました。それからグラン＝ポン通りに出てセーヌ川まで歩くと、河岸づたいにピエール橋まで行き、そこで川を渡ったのです。そのころからそわそわしだして、しきりにうしろをふり返ったり、通行人の顔色をいちいち窺《うかが》っているではありませんか。

こっちは石炭屋のかっこうをしていましたから、妻にはわかりっこありません。妻が入っていったのは左岸の駅でした。もうまちがいありません、愛人が一時四十五分の列車でやって来るのでしょう。

わたしは荷馬車のかげに身を隠し、待っていました。汽笛が鳴り……乗客がどっと降りてきて……妻はと見ると、人込へ向かって歩きだしたかと思うといきなり駆けだして、太った田舎女が連れている三歳くらいの女の子を両腕に抱きあげ、キスを浴びせました。ついで、うしろをふり返って、もうひとりの子どもに目を向けました。べつの田舎女に抱かれているもっと幼い子で、男の子だか女の子だかわかりません。妻

はその子に駆けよると、ぎゅっと抱きしめました。それから、このふたりの子どもとふたりの女中といっしょに、人けのない、長くうす暗いクール＝ラ＝レーヌの遊歩道のほうに行ってしまいました。

わたしはひどく驚き、悲嘆にくれて帰途につきました。どういうことなのか、さっぱりわけがわかりません。

妻が夕食に戻ってくると、すぐさま大声で問いただしました。

「だれなんだ、あの子どもたちは？」

「子どもたちって？」

「きみがサン＝スヴェール駅に迎えに行った子どもたちだ」

大きな叫びを発して、妻は気を失ってしまいました。意識をとり戻すと、さめざめと涙をながしながら、四人の子どもがいることをうちあけたのです。そうなんです、先生、火曜日には女の子ふたりに会い、金曜日には男の子ふたりに会っていたってわけでして。

で、それが――お恥ずかしい話ですが――それが、妻の財産の出所だったわけです――つまり、子どもたちの四人の父親がね！……持参金もそこから調達したんです。

★

「さて、先生、どうしたらいいものか、ご教示いただけませんか?」

弁護士はものものしい口調で答えた。

「そのお子さんたちを認知されることですね」

6　ルーアン大聖堂の裏手を南北に走る通り。なお、以下に登場する固有名詞は、いずれも実在しているか、かつて実在したもの。

オトー父子

HAUTOT PÈRE ET FILS

I

なかば農家ふうで、なかば城館ふうの家、つまり貴族などがかつて居をかまえ、いまは富裕な農場主たちが住む折衷式の田舎屋敷であるが、そうした家の戸口のまえで、庭の林檎《りんご》の木につながれた犬たちが、番人や子どもたちの持っている獲物袋を見て、しきりに吠えたてていた。台所をかねた広い食堂では、父親のオトーとその息子、収税吏のベルモン氏、公証人のモンダリュ氏が、猟に出るまえに軽く腹ごしらえをし、一杯やっているところだった。この日は狩猟の解禁日だった。

父親のオトーは自分の所有しているものすべてが自慢で、これから自分の領地で客たちが見つけることになる獲物について、早くも得意げに語っていた。大柄なノルマンディー人で、林檎を積んだ荷車ぐらいは肩でかつぎあげることができるほどの力もちであり、赤ら顔の、たくましい骨格をした男のひとりだった。なかば農夫、なかば紳士のオトーは、裕福で、人から敬われ、有力者とみなされており、尊大なところがあった。息子のセザールには人並の教育をうけさせるため、第三学級[1]までは学校にかよわせたが、領地に無関心な紳士になっては困ると思い、そこまでで学業はうちきることにした。

セザールは、ほぼ父親と同じくらいの背丈があるが、もっと痩せていた。おとなしく、気だてのいい息子で、不平不満を口にせず、父親の意向や意見にたいしては、心からの讃嘆と、尊敬と、恭順の念をいだいていた。

収税吏のベルモン氏は小柄で太っていた。赤い頰には紫色の静脈がほそい網の目のように浮きでていて、それがまるで地図に描かれた河の支流だとか、その蛇行した流れのように見えた。ベルモン氏は尋ねた。

「ところで野兎《のうさぎ》は——野兎はいるんでしょうな？……」

父親のオトーは答えた。

「わんさかいますとも、捕りたいだけね。とくに、ピュイザティエの窪地には」

1　八年制の高等中学校の第六年。

「で、どこから始めることにしますかな？」公証人が訊《き》いた。楽天家で、顔色は蒼白く、でっぷりと太っていた。先週ルーアンで買ったばかりの真新しい狩猟服を着こみ、太鼓腹の上からベルトを締めている。

「それじゃあ、あそこから、あの窪地から始めましょう。平地に岩鷓鴣《いわしゃこ》を追いこんで、いっせいに撃ったらいい」

父親のオトーが立ちあがった。ほかの者もそれに倣い、部屋の隅においてあった猟銃を手にとって撃鉄をしらべ、まだ体温でぬくもっていない固めの靴の履きごこちをよくするため、足を踏みならした。そして一行は外に出た。鎖につながれた猟犬たちは立ちあがり、前足で宙をかきながら、鋭い鳴き声をあげていた。

一行は窪地にむかって歩きだした。そこは小さな谷間だった。というより、大きく波うっている痩せた土地で、耕すこともできないまま放置され、細長い窪みが縦横にはしり、一面に羊歯《しだ》がおい茂って、絶好の狩猟場となっていた。

ハンターたちはたがいに離れて歩いた。父親のオトーが右手、息子が左手にまわり、客ふたりは真ん中をすすんだ。番人と獲物袋をもった男たちがそのうしろにつづく。猟銃の最初の一発を待つ厳粛な瞬間は、誰しもいくらか胸の高鳴りをおぼえ、いらだつ指はたえず引き金の位置をさぐっている。

ふいに銃声が鳴りひびいた。父親のオトーが撃ったのだ。みんなは立ち止まった。一羽の岩鷓鴣が、羽ばたいて逃げてゆく仲間から離れ、茨《いばら》のおい茂る窪みに落ちていくのが見えた。逸《はや》りたったオトーは、足にからみつく茨を引きぬきながら、大股で走りだした。やがて、獲物をさがしに茂みに分けいると、姿が見えなくなった。

ほぼ同時に、二発めの銃声が聞こえてきた。

「おや、さては兎を見つけたな」ベルモン氏が大声で言った。

なかを見とおすことのできない枝の茂みに目をむけたまま、一同はじっと待った。

公証人は手をメガホン代わりにして叫んだ。「捕れましたか?」オトーの返事はない。そこで、息子のセザールが番人のほうをむいて言った。「手助けに行ってくれ、ジョゼフ。まっすぐ歩いていくんだ、ぼくたちはここで待っているから」

身体の関節という関節がこぶのようで、さながらごつごつした枯れ木のように見える痩せこけたジョゼフは、おちついた足どりで歩きだし、通りやすいすきまを探しな

2　キジ科の鳥。狩猟鳥のなかでも美味とされている。

がら、狐のように用心ぶかく窪みにおりていった。するとすぐ、叫ぶ声が聞こえてきた。

「おーい、すぐ、すぐ来てくれ！　たいへんだ」

みんなは駆けだして、茨のなかに分けいった。父親のオトーが両手で腹をおさえたまま、気を失って倒れていた。平織の上着は散弾で裂け、そこからあたりの草の上に長く尾をひいて血が流れでている。死んだ岩鷓鴣を拾おうとして、猟銃をもつ手をゆるめたのだろう。銃が下に落ち、その衝撃で二発めが発射されて、腹に穴をあけたのだ。窪地からオトーを運びだし、服を脱がせたところ、腸のはみでた無惨な傷があらわになった。そこで、どうにか傷口を布でしばると、家へはこび、司祭とともに、医者の到着を待った。

医者はやって来るなり、厳粛なおももちで首を振った。そして、椅子に腰かけてすすり泣いている息子のオトーにむかって言った。

「残念だが、手のほどこしようがないな」

それでも傷の手当てが済むと、けが人は指を動かし、口をあけ、目を開いた。そして、血走った、どんよりした目でじっとまえを見つめ、しきりになにかを思いだし、理解しようとしているようだったが、やがてこうつぶやいた。

「なんてこった、もうだめか！」

医者はけが人の手をとった。

「いや、いや、そんなことはありません。何日か安静にしてさえいれば」

オトーがまた口を開いた。

「だめだろう、腹に穴をあけちまったんだから。よくわかっている」

それから、いきなり、

「息子と話がしたいんだ、いまのうちに」

泣くまいと思っても、息子のオトーの目には涙があふれてきた。おさない子どものように、息子はこうくり返すばかりだった。

「パパ、パパ、ああ、かわいそうに」

だが、父親はしっかりした口調で、

「さあ、泣くんじゃない。泣いている場合じゃないんだ。おまえに話しておかねばならないことがある。もっとそばへ寄ってくれ、すぐ済むことだ。それでこっちも安心できる。みなさん、済まないが、しばらくふたりきりにしてもらえませんか」

父親のまえに息子を残して、みんなは部屋から出ていった。

ふたりだけになると、

「いいかね、おまえも二十四になるんだから、わかってくれるはずだ。もっとも、それほど他聞をはばかる話でもない。お母さんが亡くなったのは、たしか七年まえだったな。わたしはまだ四十五にもなっていない、十九歳のときに結婚したわけだからね。ちがうかな?」

息子は小声で応じた。

「ああ、そうだね」

「さて、母さんは七年まえに亡くなって、わたしは再婚もしないでいる。いいかな、わたしみたいな壮健な男がだ、三十七の歳からやもめ暮らしをつづけるなんて、どだい無理な話じゃないか。ちがうかな?」

息子は答えた。

「ああ、そうだね」

父親は息を切らし、血の気のうせた顔を引きつらせて、つづけた。

「い、痛い! じゃあ、わかってくれるな。人間はひとりで生きていくようにはできていないんだ。だが、わたしは再婚するつもりはなかった。母さんと約束したんでな。だから……わかるかい?」

「ああ、わかるよ」

「それで、恋人をつくったってわけだ、ルーアンにね。レペルラン通りの十八番地、四階の二番めの部屋に住んでいる——いいかな、忘れないでくれ——とにかく、とても情のこまやかな人でね。やさしくて、誠実で、ほんとうに女らしい女なんだ。どうだ、わかるかな?」

「ああ、わかるよ」

「で、わたしが亡くなったら、その人になにかを残してやらねばならない。生活に困らないだけの、なにかしっかりしたものをね。わかるだろう?」

「ああ、父さん」

「とにかく気だてのいい、そうとも、ほんとうに気だてのいい娘なんだ。おまえがいなかったら、それに母さんの思い出と、三人で暮らしたこの家がなかったら、その人をこの土地につれてきていただろう。そして結婚していただろうな、もちろん……さあ……いいかな……遺言状をつくることもできたんだが……そんなまねはしたくなかった！……だって、文書に残したりするべきではないだろう……そうしたものはな……相続上やっかいな問題が起こって……ことをもつれさせるだけだ……あっちこっちに迷惑をかけることになる。いいか、印紙を貼った書類なんてものは必要ないし、けっして使ってはいけない。わたしが金に不自由しないでいられるのも、そうしたものを使ったためしがないからだ。どうだ、わかるだろう」

「ああ、父さん」

「もうちょっとだ……よく聞いてくれ……そんなわけで遺言書はつくらなかった……つくりたくなかったんだ……おまえのことはよく知っている。思いやりがあり、もの惜しみをせず、こせこせしたところのない人間だ。だから、かねがねこう思っていた。死ぬときには、おまえに洗いざらいうちあけて、あの人のことを忘れないよう頼んでおこうとな。──カロリーヌ・ドネといって、レペルラン通り十八番地の、四階の二番めの部屋にいる、どうか忘れないように──もう少し言わせてくれ。わたしが亡くなったら、すぐそこへ行ってもらいたい──わたしのことで愚痴をこぼすことがないよう、うまくとりはからっておくれ。──だいじょうぶだ。──おまえにはできる──それだけのものは残してあるだろう……いいかね……その人は平日は留守にしている。ボーヴォワジーヌ通りのモロー夫人の店で働いているんだ。木曜日に訪ねてくれ。その日にわたしを待っているはずだ。六年まえから、毎週木曜はわたしのためにあけてあるんだよ。かわいそうに、さぞ嘆き悲しむことだろう……さあ、なにもかも残らず話したぞ、おまえという人間をよくわかっているんでな。それに、他人に口外できることでもないからな、公証人にも、司祭にもだ。だれでも知っているように、世間ではざらにあることなんだが、よほどさし迫った事情でもないかぎり、口に出して言うものじゃない。だから、外部の人間がこうした内輪の事情を知ることはまずないんだ。もっとも家族はべつだ、家族ってのは一心同体みたいなものじゃないか。わかるだろう?」

「ああ、父さん」

「約束してくれるな?」

「約束するよ、父さん」

「誓ってもくれるな?」

「誓うよ、父さん」

「頼んだぞ、お願いだ、どうか忘れないでくれ。くれぐれも頼んだぞ」

「わかったよ、父さん」

「おまえ自身が出むいてくれ。じゃあ、すべて任せるよ」

「ああ、父さん」

「で、あとは……あとはあの人が説明してくれるだろう。どうやらこれ以上話すのは無理のようだ。じゃあ、頼んだぞ」

「わかったよ、父さん」

「ああ、よかった。お別れだ、キスしておくれ。いよいよだめらしい。みんなに入るように言ってくれ」

息子のオトーは涙にむせびながら父親に接吻した。そして、言いつけにしたがってドアをあけると、白い祭服《スルプリ》をまとった司祭が聖油を手に入ってきた。

しかし、瀕死の男は目を閉じたままだった。オトーは目をあけることを拒んだ。返事をすることも、まだ意識があるのを身振でしめすことも、拒んだのだ。

思い残すことなく語ったことで、力がつきてしまった。おだやかな気分であったし、このまま静かに死んでいきたいと願っていた。それに、神の代理人である司祭に、このうえなにを告白する必要があるというのか？　家族の一員である息子にすべてを告白してしまったのであるから。

　友人たちや、ひざまずいた使用人たちに囲まれて、オトーは塗油の秘跡をさずけられ、清められ、罪の赦《ゆる》しをあたえられた。その間も、表情ひとつ変えることなく、まだ生きているのかさえさだかではなかった。

　激しい苦痛のあまり、四時間ほど身を震《ふる》わせたのち、真夜中ちかくになってオトーはこときれた。

Ⅱ

　狩猟の解禁が日曜だったから、オトーは火曜日に埋葬された。父親を墓地におくって帰宅したセザール・オトーは、その日はずっと泣いてすごした。夜はほとんど眠れず、翌朝目をさましたときもひどく悲しかったので、これから先どうやって生きていこうかと思い悩むほどだった。

　それでも、父親の遺志にしたがって、翌日はルーアンに出むかねばなるまいと日が暮れるまで考えていた。レペルラン通り十八番地、四階の二番めの部屋に住む、カロリーヌ・ドネという娘に会うためである。その名前と住所を忘れないよう、セザールはまるで祈りの文句でもとなえるように、いくども小声でくり返した。そのあげく、それをやめることも、他のことを考えることもできなくなって、舌と心がこの文句にとり憑《つ》かれてしまったかのように、際限もなくぶつぶつとつぶやいているしまつだった。

そんなわけで、翌朝の八時ころ、軽二輪馬車《ティルビュリ》に愛馬グランドルジュをつながせた。そして、このノルマンディー産の鈍重な馬がひく馬車で、アンヴィル[3]からルーアンにむかう街道をひた走った。黒いフロックコートを着て、大きな絹の帽子をかぶり、アンダーストラップ[4]つきの乗馬ズボンをはいていた。状況を考えて、今回は青い上っ張りを着てこなかった。風をうけてふくらみ、埃や汚れから服をまもり、目的地に着いて馬車からおりるとすぐ脱いでしまうあの青い上っ張りを、フロックコートの上にはおるのはさし控えることにしたのである。

ルーアンの町に入ったとき、十時が鳴った。いつものようにトロワ＝マール通りのホテル・ボン＝ザンファンのまえに馬車を停《と》め、主人や、おかみや、五人の子どもたちから抱擁と接吻をうけた。すでに訃報がとどいていたのである。セザールは事故の顚末を語らねばならなかったが、話しているうちに涙ぐんでしまった。相手が金持であるのを知っているホテルの人々は、やっきになって世話をやこうとしたが、セザールはそれを断った。そして昼食まで辞退したので、彼らは気を悪くした。

それからセザールは帽子の埃をはらい、フロックコートにブラシをかけ、アンクルブーツを拭ってから、レペルラン通りを探しにむかった。人に知られ、よけいな穿鑿《せんさく》をされるのを虞《おそ》れて、だれにも道を尋ねようとはしなかった。

それでもなかなか見つからないので、ひとりの司祭を見かけると、聖職者の口の堅さを信用して、訊いてみることにした。

レペルラン通りはそこから百歩ほどしか離れていなかった。右側の、二番めの通りだった。

そこでセザールはためらった。これまではなにも考えずに父親の遺志にしたがってきた。ところが、いざ息子の自分が父親の愛人だった女性に会うのだと思うと、動揺

3　前出のレペルラン通りと同様、架空の地名と思われる。
4　足の裏にかけてズボンをぴんと張るためのベルト。

と、とまどいと、屈辱が胸にひろがってくるのだった。胸のうちに潜み、感情の奥底に押しこめられてはいるが、何世紀もかけて代々教えこまれてきたモラルというものがある。また、身持の悪い女については公教要理で教わってきたし、そうした女については、たとえ自分の妻がそうであったとしても、すべての男は本能的に軽蔑の念を抱くものだ。さらに、田舎の人間にありがちな偏狭な道義心までもがくわわって、そうしたもののすべてがセザールを動揺させ、ひきとめ、その顔を恥辱で赤らめさせたのである。

けれども、セザールは考えた。《父さんと約束した以上、行かないわけにはいかない》そこで、十八番地の表示のある建物の、なかば開いているドアを押した。うす暗い階段があって四階までのぼると、最初のドアが、ついで二番めのドアが目に入った。呼び鈴のひもを見つけて、セザールはそれを引いた。

部屋のなかで呼び鈴の音が鳴りひびくと、思わず身震いした。ドアがあき、若い婦人が姿を現した。きちんとした身なりの、血色のいい、褐色の髪の女性で、びっくりした顔でセザールを見つめている。

セザールはどうきりだしたらいいかわからなかったし、まだなにも知らない女のほ

うもべつの人間を待ちうけていたため、部屋に招じ入れようとはしなかった。ふたりは三十秒ちかくもただじっと顔を見つめあっていたが、ようやく女のほうが尋ねた。

「あの、なにかご用でしょうか？」

セザールはつぶやくように言った。

「わたしはオトーの息子です」

女ははっとして、さっと顔色が蒼《あお》ざめた。そしてずっとまえから知っているとでもいうかのように、口ごもりながら言った。

「では、セザールさんですね？」

「ええ」

「で、なにか？」

「じつは、父に言いつかってまいりました」

女は「まあ！」と言ってうしろへさがり、部屋に入るように促した。セザールはドアを閉め、女のあとにつづいた。

かまどのまえに坐って猫と遊んでいる四、五歳くらいの男の子が目にとまった。かまどにかけられた料理からは湯気がたちのぼっている。

「どうぞお掛けください」女が言った。

セザールは腰をおろした……女が尋ねた。

「それで、お話というのは？」

セザールはなかなか言いだせず、部屋の中央に置かれたテーブルと、その上の三人分の食器にじっと目をやっていた。ひとり分は子ども用の食器だ。暖炉に背をむけた椅子、皿、ナプキン、グラス、それに口のあいた赤ワインの瓶とまだ栓の抜かれていない白ワインの瓶。そうしたものを見まわして思った。暖炉のまえに据えられているのは、ほかならぬ父親の席なのだ！　ふたりは父を待っていたのだ。いま自分が見ているのは、フォークのかたわらにあるのは、父親のパンなのだ。父オトーの歯が悪いので、固い皮の部分はとりのぞいてあった。顔をあげると、壁にかけられた父の肖像が目に入った。万国博覧会5のあった年にパリで撮った大きな写真で、アンヴィルの家の、父の寝室のベッドの上にも同じ写真がかけてある。

5　一八七八年の第三回パリ万国博覧会。この短篇の発表された一八八九年には第四回のパリ万博が開催されているが、その目玉となったエッフェル塔にたいして、モーパッサンは早い時期から反感を表明している。

若い女はくり返し尋ねた。

「それで、セザールさん、お話というのは?」

セザールは女の顔を見た。苦悶のあまり血の気がうせている。恐怖で両手をわなわな震わせながら、女は待っていた。

セザールは思いきって口をひらいた。

「じつは、父は、父は亡くなりました。日曜の狩猟解禁日に」

あまりに衝撃が大きかったためか、女は身動きひとつしなかった。しばらく沈黙がつづき、ほとんど聞きとれないほどの声でつぶやいた。

「まさか! そんな」

やがて、ふいに女の目に涙があふれたかと思うと、両手で顔を覆ってむせび泣きだした。

すると子どもがふりむき、母親が泣いているのを見て、大声をあげた。見知らぬ男のせいだと思ったのだろう、子どもはセザールにとびかかって、片方の手でそのズボンをつかみ、もう片方の手で思いきり腿を叩いた。父親の死を嘆き悲しむ女と、自分の母親を護《まも》ろうとするこの子どもとのあいだで、セザールは胸をうたれ、ただ茫然《ぼうぜん》としていた。自身も胸に迫るものを感じて、悲しみで目頭が熱くなってきた。涙を見せまいとして、セザールは話しはじめた。

「そう、不幸な事故は日曜の朝、八時ごろに起きたんです……」そう言って、女が耳をかたむけているかどうかもおかまいなしに、田舎の人間らしく、事故の一部始終をことこまかに語りだした。あいかわらず子どもはセザールを叩きながら、踝《くるぶし》をけりつづけた。

父親から女のことを頼まれたと話すと、女は自分の名を耳にして、顔を覆っていた手を離し、こう言った。

「ごめんなさい、わたし、しっかりとお話をうかがっておりませんで……よろしければ、もういちどお願いできますか」

セザールはふたたび同じように語りだした。「不幸な事故は日曜の朝、八時ごろに起きまして……」

途中、いくどか話を中断したり、頭に浮かんだ問題点や考えをまじえたりしながら、セザールは長い時間をかけて一切を語った。女はじっと聴き入っていたが、女性特有の鋭敏すぎる感受性をはたらかせて、この突発事故のすべてを理解し、恐怖に身震いしては、ときおり「まあ、そんな！」という声を発した。母親の気が鎮まったと思ったのか、子どもはセザールを叩くのを止《や》め、母親の手をとって、あたかも話を理解しているかのように、じっと耳をかたむけている。

すっかり話し終えると、息子のオトーはさらにこう言った。

「それじゃあ、父が望んだように、じっくり相談することにしましょう。いまのところ、父が財産を残してくれたおかげで、わたしはなに不自由なく暮らしています。ですが、そちらになにかご不満でもあると、困るわけでして……」

ところが、即座に女はそれを遮って言った。

「まあ、セザールさん、セザールさん、きょうはよしましょう。とてもそんな気にはなれなくて……またの、またの日に……ええ、きょうはよしましょう……それに、申し出をお受けするとしても……わたしのためではなく……そうなんです、わたしのためではなく、この子のためなんです。この子に財産を残してあげないと」

そう聞いてセザールはひどく驚いたが、すぐ事情を察し、ことばをとぎらせながら、

「じゃあ……坊やは……父の？」

「ええ、もちろんです」

オトーの息子は、混乱した、苦しい、強い感動をおぼえながら、自分の弟をまじまじと見つめた。

女がまた泣きだしたので、長らく沈黙がつづき、いたたまれなくなったセザールは、ふたたび言った。

「それじゃあ、ドネさん、このへんで失礼しますが、いつごろ相談にうかがったら？」

女は大声で言った。

「いけません！ まだ、まだお帰りにならないで。どうかわたしをエミールとふたりきりにしないでください。悲しくてたまらないんです。わたしにはもう頼る人がいない、この子しかいないんです。ああ、まったく、まったくどうしたらいいのかしら、セザールさん。さあ、どうぞお坐りになって。もう少しお話をうかがわせてくださいませんか。この一週間、お父さまがおうちでなにをなさっていたか、お聞かせください」

そう言われて、セザールはすなおに腰をおろした。

女は、あいかわらず料理がぐつぐつ音をたてているかまどのまえに自分の椅子を寄せ、エミールを膝の上に抱きあげて、セザールの父親にかんするさまざまなことや内輪の話を尋ねた。この気の毒な女が心の底から父親を愛していることが、セザールには理屈ぬきにはっきりと感じられた。

そして、話題もかぎられていることから、話は自然に例の事故にたち返って、その顚末がくり返し語られることになった。

「腹にぽっかり穴があいちまったんです。そこに拳《こぶし》がふたつ入るくらいの」とセザールが言うと、女は大声をあげ、ふたたび大粒の涙をながしてむせび泣いた。そのようすを見て、セザールの心にも悲しみが込みあげてきて、また涙がこぼれ落ちた。涙というのはいつも気持をやわらげるのだろう、セザールはエミールのほうに身をかがめ、ちょうど口のあたりにあった子どもの額に接吻した。

母親はようやくおちつきをとり戻して、つぶやいた。

「かわいそうに、この子にはもう父親がいないのね」

「わたしにも」セザールが言った。

そして、それきりふたりとも口をつぐんでしまった。

だが、つねに気くばりを怠らない主婦の実際的な本能が、ふいに若い女のうちに目ざめた。

「ひょっとして、朝からなにも召しあがっていないんじゃありませんか、セザールさん？」

「ええ」

「まあ！　でしたら、おなかがすいていらっしゃるでしょう。なにか召しあがっていってください」

「ありがとうございます。でも、なにも食べる気がしないんです。あんまりつらい思いをしたもんで」

女は言った。

「どんなにつらくても、生きていかねばなりませんでしょ。そう仰《おっしゃ》らずに、召しあがっていってください。それに、もう少しいていただきたいんです。お帰りになったら、どんなに心細いことか」

しばらく辞退していたものの、けっきょくセザールは承知した。そして、暖炉を背に女と向かいあって腰かけ、かまどで煮たっている内臓料理《トリップ》をひと皿食べ、赤ワインを一杯飲んだ。しかし、女が白ワインの栓を抜こうとすると、きっぱり断った。

子どもがソースで口のまわりを汚すたびに、セザールは拭いてやった。帰ろうとして立ちあがりながら、セザールは尋ねた。

「それじゃあ、ドネさん、いつ相談にうかがったら？」

「さしつかえなければ、来週の木曜日にいらしていただけますか、セザールさん。そうしてくだされば、仕事を休まなくて済みますから。いつも木曜日はあいているんです」

「そうですか、じゃあ来週の木曜日に」

「お昼も召しあがっていっていただけますね？」

「いや、それはちょっと」

「食事しながらのほうが、相談もはかどるのではありませんか。そのほうがゆっくりお話しできますし」

「わかりました。では、お昼にうかがうことに」

そう言って、セザールはもういちどエミールにキスをし、ドネ嬢と握手してから帰途についた。

Ⅲ

セザール・オトーには一週間が長く感じられた。これまでひとりきりになったことがなかっただけに、孤独な暮らしが耐えがたいものに思われた。いままでは父のかたわらで、まるで影のように寄りそって生きてきた。父について畑に行き、父の命令が実行されるのを見まもり、しばらく父と離れていることはあっても、夕食のときはいつもいっしょになる。毎晩のように向かいあってパイプをくゆらし、馬や牛や羊のことを語りあって過ごした。朝起きて握手を交わすときには、深い家族の愛情を交換しているように思えたものだ。

いまやセザールはひとりぼっちだ。秋の畑をさまよい歩いていると、野原のむこうに、大きな身振手振の父の姿がいまにも現れてきそうに思える。暇をつぶすのに近所の家に行き、事故を知らない人々に話して聞かせ、聞きおよんでいる者にはくり返し語ったりもした。やがて、することも考えることもなくなると、道ばたに坐りこみ、こうした暮らしがいつまでつづくのだろうと思いめぐらした。

しばしばドネ嬢のことが頭に浮かんだ。好ましい女性だと思った。父親が言ったように、やさしく、気だてのいい、申し分のない女性に思えた。そう、たしかに気だてのいい女性だ。ここはひとつ気前のいいところを見せて、元金は子どもに保証してやり、女には二千フラン［およそ二百万円］の年金をあたえてやることに決めた。こんどの木曜日、またドネ嬢に会いにゆき、そうした相談をするのだと思うと、なにやらよろこばしい気持になる。それに、弟に、父の息子であるあの五歳のおさない子どもに思いを馳せると、いくらか不安であり心配でもあるのだが、同時に熱いものが胸に込みあげてもくる。けっしてオトーの姓を名乗ることのできない日陰の存在であり、その処遇はセザールの意のままになるとはいえ、それでも父親の思い出をかきたてる家族の一員であることに変わりはなかった。

かくして、木曜の朝、愛馬グランドルジュの軽快な足音につつまれてルーアンにむかって馬車を走らせていると、例の不幸な事故以来、はじめて心が軽くなったような、おだやかな気分をあじわうことができた。

ドネ嬢の部屋に入ってまず目についたのは、先週の木曜日とそっくり同じように用意された食卓で、ちがっているのはパンの固い皮をとりのぞいていないところだけだった。

セザールは女と握手をし、エミールの頰に接吻して、腰をおろした。どことなく自分の家にいるような気分であったが、それでも悲しみで胸が詰まった。ドネ嬢は先週よりもいくらか痩せ、顔色も少し蒼ざめているように見えた。ずいぶん泣いたのではあるまいか。先週、ふいに不幸にみまわれて気がつかなかったことを、現在ははっきりと理解しているかのように、セザールをまえにしてどこか困惑したようすだった。女はおおげさに思えるほどの敬意を込め、痛ましいほどにへりくだって、思わずほろりとさせるような心づかいを見せながら応対した。セザールのしめした善意に、思いやりと献身でむくいようとしているかのようだ。ふたりは肝心の用件について話しあいながら、長い時間をかけて食事をした。ドネ嬢はそれほど多くの金を欲しているわけではなかった。提示された金額は大きすぎる、あまりに大きすぎると言う。暮らしていくのに充分な稼ぎはある。ただ、エミールが大きくなったときに、財産をいくらか残しておきたいだけだ。セザールも譲らなかった。ドネ嬢のために、ドネ嬢の喪の悲しみのために、千フランの見舞金を上乗せすらした。

セザールがコーヒーを飲み終えたとき、ドネ嬢が尋ねた。

「煙草を吸われますか？」

「ええ……パイプは持っています」

ポケットをさぐったところ、見つからない。忘れてきてしまった！　がっかりしかけたとき、女は戸棚にしまってあった父親のパイプをさしだした。厚意をうけいれて、セザールはパイプを手にとり、それが父のものであることを認めた。パイプの匂いをかぎ、感動に声を震わせながら上等の品であることを褒めて、煙草を詰め、火をつけた。それから、エミールを膝に馬乗りにさせて遊んでやった。その間に、女は食卓をかたづけ、客が帰ったあと洗うつもりで、汚れた食器類を食器棚の下に押しこんだ。

三時ちかくになり、セザールはいよいよ帰るのかと思うと残念でならず、しぶしぶ腰をあげた。

「それじゃあ、ドネさん、そろそろおいとまします。こうしてお目にかかることができて、嬉しく思っています」

女はセザールのまえに立って、顔を赤らめ、深く心を動かされたようすだった。そして、セザールの顔を見つめながら、その父親のことを考えていた。

「またお目にかかることは？」女は尋ねた。

セザールはためらうことなく答えた。

「もちろんかまいません。そちらさえよろしければ」

「よかった、セザールさん。でしたら、来週の木曜日はいかがでしょう?」

「承知しました、ドネさん」

「もちろん、お昼も召しあがっていただけますね?」

「それは……わかりました。じゃあ、そうすることに」

「それでは、セザールさん、こんどの木曜日、きょうと同じようにお昼にお待ちしています」

「では、木曜のお昼に、ドネさん」

ボワテル

BOITELLE

ロベール・パンション[1]に

ボワテルのおやじ（名はアントワーヌ）は、この地方の汚れ仕事を一手にひきうけていた。肥溜《こえだめ》、堆肥《たいひ》溜、汚水溜を掃除するときとか、下水溝、泥水のたまった穴をさらうときは、きまってボワテルのところに頼みにいった。

ボワテルは垢のこびりついた木靴をはき、汚水を汲みとる道具をかついでやって来る。そして、自分の生業《なりわい》についてたえず愚痴をこぼしながら、仕事にとりかかるのだった。だったら、どうしてそんな嫌でたまらない仕事をしているのかと訊《き》くと、あきらめきった様子でいつもこう答えた。

「そりゃあ、子どもを養っていかなきゃならないからだよ。ほかの仕事にくらべたら、こっちのほうが実入りがいいからな」

ボワテルには子どもが十四人もいたのである。その子どもたちは目下どうしているのかと尋ねると、人ごとのように言った。

「家に残っているのは八人だけでね。ひとりは兵隊にとられたし、五人は結婚しちまった」

結婚した子どもたちはどうしているのかと訊かれると、待ってましたとばかりにこう答えた。

「結婚には口出ししなかったな。そうとも、本人たちに任せて、なんにも口出ししなかった。当人の意向に反対したって、ろくなことにはならねえ。おれがこんな汚れ仕事をしているのも、もとはといやあ、両親に結婚を反対されたからなんだ。そうでなきゃ、ほかの連中と同じように職人にでもなっていたさ」

結婚に反対されたいきさつは、以下のようなものだった。

当時、ボワテルはル・アーヴルで兵役についていた。他の連中よりも間が抜けてい

1　モーパッサンの高等中学校以来の友人（一八四六〜一九二五年）。艶笑劇『薔薇の葉陰で、トルコ館』をモーパッサンと合作したこともある。

たわけではないし、かといって抜け目がないというわけでもなかったが、やはりいくらか単純なところはあったようだ。暇なときの最大の楽しみは、小鳥屋が軒をならべる波止場を歩きまわることだった。ひとりのときもあれば、同郷の者がいっしょのときもあって、ずらりと並ぶ鳥かごを見ながらのんびりと歩いた。背が緑で頭の黄色いアマゾン産の鸚鵡《おうむ》だとか、頭が赤く背が灰色のセネガル産の鸚鵡がいた。まるで温室で育ったような大きな金剛鸚哥《いんこ》は、頭に冠羽の飾りをのせ、色鮮やかな羽を見せている。大小さまざまの鸚哥は、細密画を得意とする神が、細心の注意をはらって彩色をほどこしたかのようだ。赤、黄、青、それにけばけばしい色合の、小さな、ごく小さな小鳥たちは、ぴょんぴょん跳ねながらけたたましく鳴いている。その鳴き声は波止場の騒音に混じりあって、荷揚げする船や、通行人や、馬車などの喧噪《けんそう》のなかに、遠方の神秘的な森を思わせる、鋭く、猛烈な、耳を聾《ろう》するばかりのざわめきを沸きおこしていた。

ボワテルはよく黄巴旦《きばたん》2のかごのまえで立ち止まった。目を見開いて、歯が見えるほどあんぐりと口を開け、相好をくずして喜んだ。鳥は白や黄色の冠羽を下げて、ボワテルの鮮やかな赤いズボンやベルトの銅製のバックルにむかってお辞儀をした。ことばを発する鳥を見かけると、ボワテルはいろいろ問いかけた。たまたま鳥が返事をしてくれ、いくらかやりとりができた日は、晩までみちたりた楽しい気分でいることができた。猿を見ても嬉しくなって、大笑いした。金持にとっては、猫や犬でも飼うように、こうした動物を飼うことにまさる贅沢はないように思えた。こうした嗜好、こうしたエキゾチックなものにたいする嗜好をボワテルは生まれつき持っていた。狩猟や、医学や、司祭の職にたいする嗜好を生まれつき持っている人々がいるように。兵舎の扉が開かれるたび、抑えようのない欲求に駆られるようにして、波止場のほうに足を向けずにはいられなかった。

さて、ある日のこと、巨大な金剛鸚哥が羽をふくらませ、鸚鵡の国の宮廷でお辞儀でもするように、身体をかがめたり起こしたりしているのを足を止めてうっとりと眺めていると、小鳥屋の隣の小さなカフェのドアが開くのが見えた。赤いスカーフをかぶった若い黒人女が姿を現して、コルク栓や砂ぼこりを店の外に掃きだした。たちまち、ボワテルは鳥と女の双方に注意を惹《ひ》きつけられてしまった。どちらをよ

2　オーストラリアやニューギニアなどに分布する大型の白い鸚鵡で、長い冠羽がある。

り多くの驚きや喜びを感じながら眺めているのか、自分でもはっきり言うことはできなかったろう。

店のごみを外に掃きだすと、黒人女は顔をあげ、軍服姿のボワテルに目を奪われた。捧げ銃《つつ》でもするみたいに、箒《ほうき》を手にしたまま、ボワテルのまえに突っ立っていた。金剛鸚哥のほうはあいかわらずお辞儀をつづけている。しばらくすると、ボワテルはじっと見られていることに気づまりをおぼえた。そして、退却するわけではないとでもいうように、おもむろにその場からたち去った。

しかし、ボワテルはまたこの場所にやって来た。ほとんど毎日のようにこのカフェ・デ・コロニーのまえを通りかかり、よく窓ガラスごしに、黒い肌の若い女が港の水夫たちにビールやブランデーを給仕しているのを目にした。娘のほうも、ボワテルの姿を見かけると、しばしば店から出てきた。やがて、ひとことも口をきいたことはないのに、ふたりはまるで旧知のあいだがらででもあるかのように、ほほえみを交わすようになった。娘の黒い唇のあいだに、ふと、輝くばかりの美しい歯並がのぞくと、ボワテルの心は妖《あや》しくかき乱されるのだった。ある日、とうとう店に足を踏みいれると、娘がみんなと同じようにフランス語を話すのを知ってびっくりした。レモネードを一瓶注文し、娘に一杯すすめたら飲んでくれたので、それが甘美な、忘れがたい想い出となって心に残った。こうして、ボワテルはこの港町の小さな酒場に、財布の許すかぎり、あらゆる甘い飲み物を飲みに通うようになった。

その目以上に澄んだ歯を見せて笑いながら、娘が黒い手でグラスに飲み物をそそいでくれるのを眺めるのが楽しみであり、また歓びでもあって、ボワテルはしじゅうそのことを考えていた。二カ月ほど通いつづけると、ふたりはすっかり仲よくなった。この黒人女の考えかたが良識あるフランスの娘のそれとよく似ていること、また娘が倹約、仕事、宗教、それに品行を重んじていることを知って、ボワテルは驚いた。そのため、ますます娘が好きになり、結婚したいと思うほど熱をあげた。

そのことを告げると、娘は小躍りして喜んだ。それに、娘は牡蠣《かき》売りの女から残されたいくらかの金を持っていた。アメリカ人の船長がル・アーヴルの波止場で娘をおろしたとき、牡蠣売りの女が引きとってやったのだ。船長は、船がニューヨークの港を出た数時間後、船倉の綿の梱《こり》の上に六歳くらいの少女がうずくまっているのを発見した。船がル・アーヴルに着くと、船長は船に潜んでいた少女を牡蠣売りの女に託した。だれがどのように連れてきたのかわからない、この黒い小娘を女はしきりに哀れんでいた。その女が亡くなって、黒人娘はカフェ・デ・コロニーの従業員になったのである。

アントワーヌ・ボワテルはさらにこう言った。

「両親が反対しなけりゃ、そうすることにしよう。わかるだろう、おやじとおふくろには、どうあっても逆らうわけにはいかないんでな。こんど故郷に帰ったら、ちょっくら話してみるよ」

翌週、二十四時間の外出許可がおりたので、イヴトー[3]の近くのトゥルトヴィルで小さな畑を耕している両親の家へ向かった。

ボワテルは食事が終わるまで待った。ブランデー入りのコーヒーで気持がより開放的になったころを見はからい、家族にこう語った。あらゆる点から見て、自分の好みにぴったり合う娘を見つけた。これほど自分にふさわしい相手は、この世にふたりとはいないだろう。

それを聞いても、両親は慎重な態度をくずさず、なおもあれこれと説明をもとめた。

それでも、ボワテルは肌の色のことを除いて、なにごともつつみ隠さず話した。

その娘はカフェで働いている。これといった財産があるわけではないが、健康で、しまり屋で、きれい好きだ。そのうえ身持はいいし、いい相談相手にもなる。そんなわけで、たとえ金持であっても、性格の悪い女なんかより、よっぽどましではないか。それに、面倒を見てくれた女がいくらか金を残してくれたから、一文なしというわけでもない。貯蓄金庫に千五百フラン［約百五十万円］ほどの金を預けているはずだから、ちょっとした持参金にはなるだろう。そうした話を聞いているうち、両親はボワテルの判断を信用してもいいように思えてきて、しだいに息子に譲歩する気になった。そして、ついに例の微妙な点に触れざるをえなくなると、ボワテルはつくり笑いを浮かべながら、こう言った。

「おやじやおふくろから見て、ひとつだけ気に入らない点があるかもしれねえ。なんて言うか、その娘ってのが、あんまり白くないもんで」

両親が腑におちない顔をしているので、気分を害されては困ると思い、ボワテルは用心しながら長ながと釈明しなければならなかった。エピナル版画で見たことがある[4]

3　ノルマンディー地方、ルーアンの北西に位置する町。なお、トゥルトヴィルは架空の地名と思われる。

と思うが、娘はそうした肌の黒い人種に属しているのだと。

　すると、まるで息子が悪魔との結婚を申しでたかのように、両親は不安におそわれて、当惑し、たまらなく心配になってきた。

　母親が訊いた。「黒いって、どれくらい黒いんだい？　身体じゅうがかい？」

　息子は答えた。「そりゃあそうだよ。おっかさんだって、身体じゅうが白いだろう」

　父親がさらに訊いた。「黒いって、鋳物の鍋みてえにか？」

　息子は答えた。「まあ、そんなに黒くはないけど。とにかく気持の悪い黒さじゃねえんだ。司祭さまだって黒い服を着てるけど、白い服よりみっともないってわけでもないだろう」

　父親は言った。「その娘の国にゃあ、もっと黒いのもいるのか？」

　息子は自信ありげに答えた。

「もちろんいるよ！」

　しかし、父親は首を振った。

「あんまりいい気持はしねえだろうな」

　すると息子は、

「そうでもないと思うがね。なあに、すぐ慣れちまうさ」

母親が尋ねた。

「下着だって、ほかの者より汚れるんじゃないのかい、そんな肌だと？」

「おっかさんとおんなじだよ。肌の色がちがうだけなんだから」

あれこれ質問がつづいたのち、話を決めるまえにとにかくその娘に会ってみることにして、兵役の終わる月、家につれてくることになった。ボワテル家に受けいれられるほど娘の肌が黒くないかどうかを、みんなで確かめ、話しあって決めようというわけだ。

そこで、アントワーヌは、除隊となる五月二十二日の日曜日、トゥルトヴィルに娘をつれてくると言った。

恋人の両親の家に行くために、娘はいちばんきれいで、いちばん派手な衣服を身に

4　エピナルはフランス北東部の町。十九世紀、伝説・歴史を題材とする通俗的な色刷り版画がこの町でつくられた。

つけた。黄、赤、青がとくに目立つ服で、まるで国の大祝日のために着飾っているかのようだった。

ル・アーヴルの駅で列車に乗りこむとき、娘をじろじろ見る者が多かったので、それほど人の注意を惹いている娘に腕を貸して、ボワテルはまんざらでもない気分だった。三等の車両で、娘がボワテルとならんで腰かけると、百姓連中はひどく驚いていた。近くの車室の者などは、座席の上に乗り、車室の木の仕切ごしに娘をのぞき見するほどだった。娘を見て怖がって泣きさけぶ子もいれば、母親の前掛に顔を隠す子もいた。

ともあれ、到着駅まではなんら問題は起きなかった。ところが、列車がイヴトーに近づいて速度をゆるめると、アントワーヌは、まるで軍紀もよくわからぬまま閲兵式に臨んでいるときのように、妙におちつかなくなった。やがて、列車のドアから身をのりだすと、遠くに、二輪馬車につないだ馬の手綱をとる父親と、物見だかい人々がならぶ柵のところまで来ている母親の姿が目に入った。

アントワーヌは真っ先に列車からおり、恋人に手をさしのべた。そして、まるで将軍の護衛でもしているかのように、背筋をぴんと伸ばして、家族のほうへ向かった。

母親は、けばけばしい色合の服を着た黒い女が息子とつれだって近づいてくるのを見ると、仰天して口をあけることすらできなかった。父親は、機関車か黒人の女か、そのどちらかに驚いて、何度も後脚で立ちあがる馬をどうにか押さえつけていた。けれども、アントワーヌはもっぱら両親と再会する歓びに駆られ、両腕をひろげて走り寄って、母親に接吻し、ついで馬がおびえていたにもかかわらず、父親に接吻した。それから、びっくりした通行人たちが足を止めてじろじろ眺めている、つれの女のほうに顔を向けて、こう説明した。

「ほれ、例の娘だよ。このまえ言ったみてえに、最初はちょっとめんくらうかもしれねえが、その人柄がわかってくりゃあ、これほどいい娘はまたといないよ。とにかく、あいつを安心させるために、あいさつしてやってくれよ」

そう言われても、怖じけづいた母親はどうしていいかわからず、そそくさとお辞儀をしてみせた。父親のほうは、ハンチングをとって、つぶやくように言った。「さあさあ、どうぞお乗りくだせえ」一行はさっそく馬車に乗りこんだ。女ふたりは奥の椅子に腰かけたが、でこぼこ道にさしかかると、身体が浮きあがるほどだった。男たちはまえの腰掛に坐った。

だれも口をきかなかった。不安になったアントワーヌは兵営の歌を口笛で吹き、父親は馬に鞭をいれていた。母親は探るような目でとなりの黒人女を盗み見ていた。陽光をうけて、娘の額と頬骨はよく磨いた靴のように光っている。

気づまりな空気をほぐすため、アントワーヌはうしろをふり返った。

「どうして黙っているんだね？」

「そりゃあ、会ったばっかりだし」母親が答えた。

アントワーヌはこう言った。

「じゃあ、おっかさんの鶏が産んだ八つの卵の話でもしてくれよ」

家じゅうの者がよく知っている笑い話だった。ところが、動揺した母親はあいかわらず口を閉ざしているので、アントワーヌが大笑いしながら、代わりにその忘れがたい話を語りだした。その話をよく知っている父親は、はじめの部分を聞いただけでにやりとした。まもなく母親も笑いだし、黒人の娘もいちばん滑稽なところでいきなり吹きだした。堰《せき》を切ったように、大声をあげて笑いころげたので、びっくりした馬がしばらく駆歩《ギャロップ》で走ったほどだった。

これで気持がほぐれて、おしゃべりが始まった。

家に到着し、馬車からおりるとすぐ、アントワーヌは娘を部屋へつれていき、服を着替えさせた。まずはうまい料理で両親の気を惹くつもりだったので、服を汚しては困ると思ったのだ。両親をドアのまえに呼んで、どきどきしながら訊いてみた。

「で、どんなもんかな？」

父親は黙っていた。母親は遠慮せずにこう言った。

「ありゃあ、黒すぎるよ。そうとも、まさかあんなに黒いとは思わなかったもんだから、びっくりしちまった」

「まあ、そのうち慣れるって」アントワーヌは言った。

「そうかもしれないけど、時間がかかるだろうねえ」

部屋に入り、黒人の娘が料理をしているのを見て、母親は心を動かされた。それで母親は歳に似あわぬ元気なところを見せ、スカートをたくしあげて娘の手伝いをした。

食事はおいしかったので、たっぷり時間をかけ、だれもが上機嫌だった。食事のあと、散歩に出ることになって、アントワーヌは父親のわきに寄って尋ねた。

「で、おとっつぁん、どう思う？」

父親はことを荒立てたくなかった。

「とくに言うことはねえ。おっかさんに訊いてみな」

アントワーヌは母親のところに行き、ひきとめて訊いた。

「で、おっかさんはどう思う？」

「悪いけど、いかんせん黒すぎるじゃないか。あんなに黒くなかったら反対はしないんだけど、とにかく黒すぎるよ。まるで悪魔みたいだもの！」

母親が頑固であることを承知していたから、アントワーヌはそれ以上言いはらなかった。だが、深い悲しみが胸に込みあげてきた。いったいどうしたらいいだろう、なにかいい知恵はないものか。アントワーヌはそんなことを思いながら、娘が自分の心を捉えたように、両親の気持を惹きつけなかったことが意外でならなかった。四人はしだいに口数が少なくなり、のんびりとした足どりで麦畑を通りぬけた。垣根に沿って歩いていると、農夫たちが柵から顔を出し、子どもたちは土手によじ登った。ボワテルの息子のつれてきた黒人娘が通りかかるのを見るために、近所の連中が道ばたに駆けつけてきた。まるで見世物を知らせる太鼓が鳴ったときのように、人々が畑をよこぎって走り寄ってくるのが見える。ボワテルの両親は、自分たちが近づくと田舎の人々の好奇心をそそることに恐れをなし、足を速めて息子たちの先を歩いた。娘

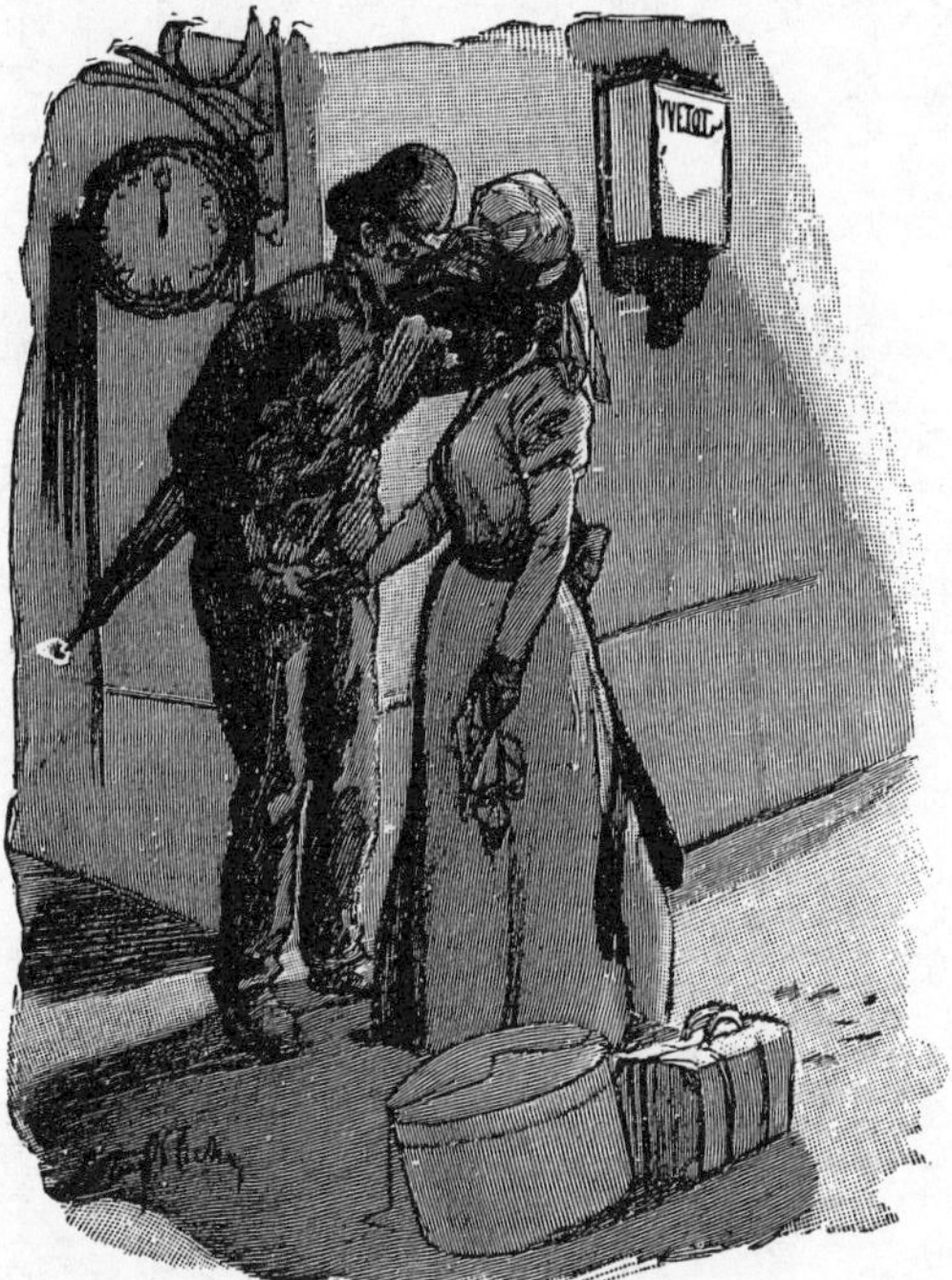
YVETOT

はアントワーヌに、両親が自分のことをどう思っているのかと尋ねた。

アントワーヌはためらいがちに、まだ決めかねているようだと言った。

ようやく村の広場まで来ると、沸きたった村じゅうの人々が大きな人だかりをつくっていた。しだいに増えてゆく群衆を見て、ボワテルの両親は家に逃げ帰った。腹をたてたアントワーヌは恋人に腕を貸し、啞然《あぜん》として見まもる人々のまえを、威厳をつくろって歩いた。

アントワーヌは悟った。これでおしまいだ、もう望みはない、黒人娘と結婚することはできないのだと。娘のほうもそれがわかっていたので、家が近づいてくると、ふたりとも泣きだした。家に戻るとすぐ、娘はふたたび着替えて、母親の仕事を手伝った。牛乳置場でも、牛小屋でも、鶏小屋でも、母親のあとをついてゆき、「わたしにやらせてください、ボワテルの奥さん」とくり返しながら、いちばん骨の折れる仕事をひきうけた。そんなわけで、老婆は心を打たれたが、といって考えを変えるわけではなく、夜になると息子にこう言った。

「とにかく、感心な娘だってことはわかったよ。あんなに黒くなけりゃいいんだけどね。だって、そうだろう、ありゃあ黒すぎるじゃないか。どうしても慣れるのはむりだよ、帰すしかないね。いかんせん黒すぎる」

それで、ボワテルの息子は恋人に言った。

「おっかさんがうんと言わないんだ。おまえの色が黒すぎるんだとさ。帰ってもらうしかないな。駅まで送っていこう。なあに、心配することはないよ。あとでまた話してみるから」

娘に希望を捨てないようにと言いながら駅まで送ってゆき、抱擁をかわしてから、汽車に乗せた。泣きはらした目で、アントワーヌは遠ざかっていく汽車を見送った。両親にいくら嘆願しても、結局、聞き入れてはもらえなかった。

この地方のだれもが知っている話を語り終わると、アントワーヌ・ボワテルはきまってこう言いそえた。

「それ以来、なにもかもどうでもよくなっちまった。ああ、なにもかもだ。どんな仕事も手につかねえもんだから、いまじゃこんな汚れ仕事をしてるってわけだよ」

「しかし、結婚したじゃないか」とだれかに言われると、

「ああ、そうとも。それに、女房に不満があるってわけでもねえんだ。なにしろ、

子どもが十四人もいるんだから。だけど、あれとは比べものにならねえ。そうとも、比べものにはならねえな。あれって、あの黒人娘だよ。あの娘がこっちを見ただけで、もう頭んなかがぽーっとなっちまって……」

港

LE PORT

I

一八八二年五月三日、ル・アーヴルを出港してシナ海にむかった全装シップ型帆船[1]ノートルダム＝デ＝ヴァン号は、四年におよぶ遠洋航海を終え、一八八六年の八月八日、マルセイユの港に帰ってきた。最初の積み荷を目的地の中国の港でおろすと、その直後にブエノスアイレスまで荷を運ぶことになり、そこからさらにブラジルにむけて貨物を積みこんだ。

航海はその後もつづいた。いくどか船が損傷して修理する必要があったし、何カ月も凪《なぎ》で船が進まないこと、突風で大きく航路からはずれたこともあった。くわえて、海上での突発事、不慮のできごと、災難にみまわれたりして、長らく故国を離れていたこのノルマンディーの三本マストの帆船は、アメリカ製の缶詰の入ったブリキ缶を満載して、ようやくマルセイユに戻ってきたのである。

ル・アーヴル港を出たときは、船長と一等航海士を除いて、十四人の乗組員がいた。ノルマンディー出身者が八名、ブルターニュ出身者が六名である。マルセイユに帰ってきたときは、ブルターニュの者が五人、ノルマンディーの者は四人しか残っていなかった。ブルターニュ出身のひとりは航海中に亡くなった。ノルマンディー出身の四人はいずれも機会をみて逃げだしてしまったので、その穴埋《あなうめ》として、アメリカ人ふたり、黒人とノルウェー人をひとりずつ雇い入れた。そのノルウェー人は、ある晩、シンガポールの酒場で勧誘されて乗組員になったのだった。

帆を絞り、十字架形の帆桁《ほげた》をマストに見せているこの大きな船は、息を切らしてまえを行くマルセイユ港のタグボートに曳《ひ》かれて、大洋の波のうねりの名残を受けながら進んでいた。そのうねりもにわかに静まって、船はイフ城[2]のまえを通りすぎ、夕陽を浴びて金色の靄《もや》につつまれている碇泊《ていはく》地の、灰色の岩の下を通過して、やっと旧港

1　三本マストの帆船で、マストすべてに横帆がついている。
2　マルセイユの沖二キロに位置するイフ島に十六世紀に築かれた城塞で、一五四〇年から一九一四年まで牢獄として使われていた。アレクサンドル・デュマ（ペール）の小説『モンテ・クリスト伯』の舞台となったことでも知られる。

に入った。埠頭に沿って、世界各国の船が横腹と横腹をくっつけるようにして、雑然とひしめいている。大きさも、形も、索具もさまざまで、狭すぎる港内の腐臭をはなつ水に浸っているところは、さながら船のブイヤベースのようであるし、船体と船体が触れあいこすれあっているさまは、まるで船団の汁のなかでマリネにされているようでもある。

イタリアの横帆二本マスト船《ブリッグ》とイギリスの二本マスト帆船《スクーナー》が場所をあけてくれ、ノートルダム＝デ＝ヴァン号は両者のあいだに碇泊した。税関や港湾関係の手続が残らず済むと、船長は乗組員の三分の二に外泊の許可をあたえた。

夜になり、マルセイユの町に煌々《こうこう》と明かりがともった。夏の夜のむっとするような空気のなか、いかにも南国の陽気な町らしく、にんにくを使った料理の匂いがただよい、人声や、馬車の行き来する音や、さまざまな騒音がひっきりなしに聞こえてくる。港に降りたつとすぐ、何カ月も荒波にもまれていた十人の男たちは、まだ町の空気になじめず、どことなく居心地の悪いせいもあって、ふたりずつ肩を並べておもむろに歩きだした。

男たちはなにかを嗅ぎつけようとするかのように、身体を揺すりながら港に抜ける路地を歩きまわっていた。二カ月あまりの海上生活で、肉体的な欲望が身体のなかでたぎっていたのだ。セレスタン・デュクロを先頭に、ノルマンディーの連中がまえを歩いていた。デュクロは屈強な大男で、機転もきき、上陸するたびに乗組員のリーダー役をつとめていた。いい遊び所をたくみに嗅ぎつけ、独特のいたずらを思いつくような男であるが、港町によくある船員どうしの喧嘩にはめったに巻きこまれることはなかった。とはいえ、ひとたび諍《いさか》いになると、相手がだれであれ臆することはなかった。

下水溝のように海にむかって下るうす暗い路地がいくつもあって、安酒場から吐きだされる息にも似た、重苦しい臭気がたちのぼっている。そうした路地を残らず歩きまわり、セレスタンはしばらく決めかねていたが、やがて曲がりくねった廊下のような路地に足を踏みいれた。家々の戸口の上には突き出た軒燈が点《とも》されていて、そのつや消しの色ガラスには大きな文字で番地が記されている。[3]入口の狭いアーチ形屋根の下に、女中のようなエプロン姿の女たちが藁椅子に腰をおろしていた。水夫たちがやって来るのを見ると、女たちは立ちあがり、路地の中央にある溝のあたりまで歩みでて、列をなしてのんびり歩いている男たちのまえに立ちふさがった。男たちはにゃにやしながら鼻歌をうたっていたが、娼館が近づいたことで早くも興奮していた。ときとして、玄関の奥の、褐色の革を張った第二の扉がいきなり開いて、半裸の太った女が姿を現すこともあった。むっちりとした太腿や、肉づきのいいふくらはぎが、白木綿の粗末な肌着の下にふいにくっきりと浮かびあがった。短いスカートはまるでふくらんだ胴巻のようで、胸、肩、腕の柔らかそうな肉が、金モールで縁どられた黒ビロードの胴着の上に、薔薇色の斑点のように見えている。女が遠くから呼びかけた。「ねえ、そこのお兄さん、ちょっと寄っていかない？」かと思うと、女のほうから男のひとりに寄ってきて、自分より大きな獲物をひっぱる蜘蛛のように、力ずくで入口までひきずり込もうとすることもある。女に抱きつかれた男は、振りきるそぶりは見せるものの一向に力が入らず、ほかの男たちは足をとめてその模様を見物していた。いますぐ建物に入りたくもあるし、こうした欲望をそそる散歩をもう少しつづけたくもあって、どうしようかと決めあぐねていた。どうにか女が入口まで男をひっぱっていくと、ほかの連中もどっとなだれ込もうとした。そのとき、こうした場所に通じているセレスタン・デュクロが大声で言った。「やめておけ、マルシャン。ここはだめだ」

そう言われて、男は乱暴に女の手を振りほどき、仲間のところに戻ってまた歩きだした。憤慨した娼婦が背後で口汚くののしった。路地をすすんでいくと、足音を聞きつけた女たちが戸口から姿を現し、かすれた声で、たっぷりサービスするわよと呼びかけた。そうして、男たちはますます欲望を掻きたてられながら、路地を歩きつづけた。前方からは、恋の番人たる女たちが声をそろえて甘い誘惑のことばを投げかけてくるし、後方からは、袖にされ、あての外れた娼婦たちの口々にこきおろす声が聞こえてくる。ときおり、ほかのグループと行きあうこともあった。歩くたびに脚に剣があたる兵隊たち、ほかの水夫の一団、ひとり歩きのブルジョワ、店員たちなどだ。行く手に、怪しげな軒燈の点る狭い通りが次々に現れた。男たちは、このいかがわしい店のならぶ迷路をなおもすすんだ。腐った水がにじむ脂じみた舗石の上を、女の肉体が隙間なくならぶ壁のあいだを。

ようやく決まったとみえ、デュクロは一軒のこぎれいな家のまえで足をとめ、仲間

3 当時のメゾン・クローズ（娼館）は看板や飾り窓をもたず、軒燈に大きく番地を記して照らしだしていた。

になかに入るように言った。

Ⅱ

お祭り騒ぎになった。四時間のあいだ、十人の水夫は女と酒をたっぷり楽しんで、半年分の給料がふっとんだ。

男たちはカフェの広間にわがもの顔で陣どって、隅の小さなテーブルについている常連客たちを敵意をふくんだ目で見やっていた。そちらでは、客のつかない娼婦がひとり、大きな赤ん坊かカフェ・コンセールの歌手のような衣裳を着て、常連たちのあいだをサービスしてまわっては、そのそばに腰をおろした。

店に入るとすぐ、男たちは敵娼《あいかた》をえらび、同じ女とひと晩をともにした。三つ寄せたテーブルでしこたま酒を飲み終えると、水夫たちはそれぞれ女をつれて、ぞろぞろと階段に向かった。木の階段にカップルの足音がしばらく響いていたかと思うと、やがて、この即席の恋人たちの行列は個室に通じる狭い戸口に吸いこまれていった。

それからも、酒を飲むためにおりてきては、また部屋へあがっていく者が後を絶たなかった。

水夫たちはほとんど酔っぱらいと化し、広間に戻って口々にわめきちらしていた。目を赤くして、女を膝の上にのせ、歌ったり叫んだり、テーブルをこぶしでどんどん叩いたり、酒をがぶ飲みしたりして、人間のなかにある獣性を遺憾なく発揮していた。男たちの中央に坐ったセレスタン・デュクロは、頰の赤い大柄な娘を膝の上に馬乗りにさせて抱きよせながら、まじまじとその顔を見ていた。みんなと同じように飲んではいたが、ほかの連中ほど酔ってはいなかった。あれこれ考えることがあり、もともと気だてのやさしい男だったので、女との話の糸口を見つけようとしていた。いざ口を開こうとすると、考えていたことがまとまらないうちにどこかへ消えてしまい、また頭に浮かんでくるのだが、なにを言おうとしたのか思いだせないうちに、また消えうせてしまうのだ。

デュクロは笑いながら、くり返し言った。

「それで……ここは長いのかい」

「半年よ」娼婦は答えた。

それがまるで身持のいい証《あかし》ででもあるかのように、デュクロは満足げにうなずきながら訊《き》いた。

「気に入っているのかい、こんな暮らしが？」

女はちょっとためらってから、あきらめ顔で言った。

「慣れっこになっちゃうのよ。ほかの仕事より面倒ってわけでもないし。女中にしたって、この商売にしたって、きれいな仕事じゃないのはおんなじだもの」

そのとおりだというように、デュクロはまたうなずいた。

「この土地の生まれじゃないんだろ？」

女は返事をするかわりに、首を横に振った。

「遠くから来てるのかい？」

女はこんどはうなずいて見せた。

「どこだい？」

女は頭のなかを探って、記憶をよび起こすような顔つきをしていたが、やがて小声で答えた。

「ペルピニャン[4]よ」

男は喜色をたたえて言った。

「ああ、そうか」

こんどは女のほうから訊いた。

「あんた、船乗りね？」

「そうだよ」

「遠くから来たの？」

「そうとも。いろんな国の、いろんな港を見てきたからな、なにからなにまでね」

「じゃあ、世界を一周してるわけね？」

「まあね、一周どころか二周くらいしてるだろうな」

女はふたたびためらっているようすで、忘れたことを思いだそうとしているかのようだった。やがて、まじめな、改まった口調で、

「あっちこっちの港で、いろんな船に出会ったでしょう？」

「もちろん」

「ひょっとして、ノートルダム＝デ＝ヴァン号って船を見かけなかった？」

4 フランス南部、地中海と、スペインとの国境に近い町。

デュクロはにやにや笑いながら言った。

「先週見かけたばかりさ」

にわかに女の頬から血の気がひき、蒼《あお》ざめた顔で尋ねた。

「ほんと、それほんとなの？」

「ほんとだよ、もちろん」

「嘘じゃないわね？」

男は片手をあげて言った。

「神さまにかけて誓うよ」

「だったら、教えてくれない、セレスタン・デュクロって人、まだ船に乗ってるかしら？」

男ははっとして不安をおぼえ、答えるまえに、もう少し事情を知っておこうと思った。

「そいつを知っているのか？」

こんどは女のほうが警戒した。

「いいえ、あたしじゃないの。その人の知り合いの女がいて」

「この家の女かい？」

「ちがうわ、この近くだけど」

「この通りなのか？」

「いいえ、べつの通りよ」

「で、どんな女なんだ？」

「どんなって、あたしみたいな仕事をしてる女よ」

「なんの用があるんだろうな、その女は？」

「知らないけど、郷里が同じだとかじゃないかしら？」

さぐりを入れるように、ふたりはたがいの目の奥をじっとのぞき込んだ。ふたりのあいだに、なにか重大なことがもちあがりそうな予感がした。

デュクロはつづけた。

「その女に会えないかな？」

「会ってなにを話すの？」

「なにって……そうだな……セレスタン・デュクロに会ったことでも話すさ」

「じゃあ、その人、元気でいるのね？」

「そうとも、やつは元気だよ、おれたちみたいにな」

女はまた黙りこんで、なにやら考えこんでいたが、やがてゆっくりとこう言った。

「いまはどのあたりかしら、ノートルダム＝デ＝ヴァン号は？」

「ここだ、マルセイユだよ」

女はぎくりとした。

「ほ、ほんと？」

「ほんとだよ」

「あんた、デュクロを知ってるの？」

「ああ、知ってる」

女はしばらく言いよどんでいたが、しばらくすると穏やかな口調で、

「そう、そうなの」

「やつになんの用があるんだ？」

「そうね、伝えてもらいたいことが……いえ、やっぱりよすわ」

女の顔を見ているうち、男はしだいに気づまりになってきたが、思いきって訊いてみることにした。

「あいつを知っているんだろう、あんた？」

「だったら、やつに用はないだろう」

意を決したように、女はつと立ちあがった。急ぎ足で女将《おかみ》のいるカウンターにむかい、レモンを切って搾り汁をグラスに入れ、たっぷり水をそそいだ。そのグラスを持って戻ると、女は言った。

「飲んで」

「なんだい?」

「酔いをさますのよ。聞いてもらいたいことがあるから」

男は言われるままに飲み、手の甲で唇をぬぐってから言った。

「よし、聞こうじゃないか」

「あたしに会ったことはあの人に言わないでね。これから話すことをだれから聞いたかってことも。誓ってくれる?」

「誓うよ」

思うところはあったものの、男は片手をあげて言った。

「神にかけて?」

「知らないわ」

「ああ、神にかけて」

「じゃあ、デュクロに伝えてちょうだい。あの人の父さんも、母さんも、それから兄さんも亡くなったの。三人とも、いまから三年半ほどまえの一八八三年の一月に、腸チフスで死んだのよ。たったひと月のうちに」

こんどは男のほうが全身の血が沸きたつようだった。驚きのあまり、しばらく答えることもできなかったが、ふと疑いが心にきざして、こう尋ねた。

「確かなのか？」

「確かよ」

「だれから聞いたんだ？」

女は男の肩に両手を置いて、じっと男の目を見つめながら言った。

「しゃべらないって約束してくれる？」

「約束するよ」

「あたし、あの人の妹なの」

思わず、男はこう言ってしまった。

「フランソワーズか？」

ふたたび、女はまじまじと男の顔を見つめていたが、やがて狂おしいばかりの恐怖と深い嫌悪感におそわれて、ほとんど聞きとれないほどの声でつぶやくように言った。

「じゃあ、じゃあ、あんたセレスタンなの？」

ふたりは身じろぎもせずにじっと見つめあっていた。

ふたりの周囲では、あいかわらず仲間たちがわめきちらしていた。グラスの触れあう音、こぶしでテーブルを叩く音、かかとで歌の拍子をとる音、女たちの甲高い喚声《かんせい》などが、騒々しい歌声に入りまじっている。

男には、自分にしがみついている身体、妹の身体が、おびえてほてっているように感じられた。男は人に聞かれるのを懼《おそ》れて、どうにか女に聞こえるくらいのごく小さな声で言った。

「まったく、とんでもないことをしちまったもんだ」

たちまち女の目に涙があふれて、つぶやくように言った。

「しかたないじゃない」

男はふいに、

「じゃあ、みんな亡くなったんだな？」

「ええ、みんな」

「おやじも、おふくろも、兄貴も？」

「さっきも言ったけど、ひと月のうちにね。あたし、ひとりぼっちになっちゃったの。亡くなった三人の、薬屋や医者や葬式にかかった費用は家財道具を売って支払ったけど、そしたら古着しか残らなかった。

それで、カシュー親方のところで住込《すみこみ》で使ってもらうことになったの。知ってるでしょ、あの足の悪い人。ちょうど十五歳のときだった。兄さんが家を出ていったとき、あたしは十四にもなっていなかったもの。で、そこで間違いをしでかしちゃった。若かったから、分別が足りなかったのね。それから、公証人の家で女中をすることになったんだけど、ここでもやっぱり身を持ちくずして、ル・アーヴルで囲い者になったの。そのうち男がぱったり姿を見せなくなって、三日間食べ物にありつけないこともあった。そんなわけで、これといってできる仕事もないし、よくある話だけど、こうした場所で働くようになったのよ。あたしだって、いろんな土地を見てきたわ、ひどいとこばっかりだけど。ルーアン、エヴルー、リール、ボルドー、ペルピニャン、ニース、そして、このマルセイユにまで流れてきたってわけ」

目と鼻から涙がながれ、女の頬を濡らして口に流れこんだ。

女はつづけた。

「兄さんも、死んだのだとばかり思ってた」

男は言った。

「わからなかった、まさかおまえだったとは。なにしろ、おまえはまだほんの子どもだったからな。見ちがえるくらい大きくなっちまった。だけど、そっちはどうだ、おれだとわからなかったのか?」

女はがっくりと肩を落とした。

「うんざりするほど男を見てきたから、どの男も同じに見えちゃうのよ」

男はなおも女の目の奥をじっとのぞき込んでいた。言いようのない強烈な感情に胸が締めつけられ、おさない子どもがぶたれたときのように、大声で泣きだしたかった。

女はまだ男の膝の上に馬乗りに坐っていた。女の背中に両手をあてて抱きしめながら、その顔をまじまじと見つめているうちに、故郷に残してきた妹のおもかげがようやくよみがえってきた。自分の航海中、妹がその死に目に立ちあった、三人の肉親のおもかげも。いきなり、男は船乗りらしい無骨な手で、ようやくめぐりあった妹の顔をは

さむと、兄が妹にするようにやさしく接吻をした。すると、嗚咽《おえつ》が、波のように長い大きな嗚咽が、男の喉に込みあげてきた。それは酔っぱらいのしゃっくりに似ていた。

男は声を詰まらせた。

「お、おまえだったのか、フランソワーズ、ああ、フランソワーズ……」

そう言ったかと思うと、いきなり立ちあがり、テーブルをどんどん叩きながら、大声でののしり始めた。グラスがひっくり返って割れた。それから二、三歩あるいてはよろめき、両腕をひろげて、ばたんと床に突っ伏した。大声をあげながら手足をばたばたさせ、床の上を転げまわって、まるで断末魔のあえぎのようなうめき声を洩《も》らしていた。

仲間たちは笑いながらそれを眺めていた。

「なんだ、すっかり酔っぱらっちまいやがって」ひとりが言った。

べつの男が、「とにかく寝かせなくちゃな。このまま表に出てみろ、ぶた箱行きだぜ」と言った。

まだポケットに金が残っていたので、女将は泊まることを承知した。仲間の連中もしっかり立っていられぬほど酔っていたが、デュクロを抱えて狭い階段をのぼり、さきほどまで敵娼《あいかた》といた部屋まで運んだ。女は、間違いを犯したベッドのかたわらの椅子に腰かけたまま、男とともに朝まで泣きあかした。

オリーヴ園

LE CHAMP D'OLIVIERS

I

ガランドゥはプロヴァンス地方の小さな港で、マルセイユとトゥーロンのあいだの、ピスカ湾[1]の奥にある。港の男たちは、沖釣りから戻るヴィルボワ神父の小舟を目にして、舟を引きあげるのに手を貸すため、浜辺におりてきた。

舟には神父ひとりが乗っていた。五十八歳とは思えぬ元気いっぱいの漕ぎっぷりを見ていると、あたかも本物の船乗りのようだ。袖をまくりあげて筋骨たくましい両腕をあらわにし、僧服《スータン》の裾をからげて膝のあいだにしっかりと挟みこんでいる。胸のボタンを少しはずし、脱いだ三角帽はかたわらの腰掛に置いて、白い布で覆った釣鐘形のコルク帽をかぶったところは、いかにも暑い地方のたくましい変わり者の神父といった観があり、ミサをあげるより冒険でもしているほうが似つかわしく思える。

舟をつける地点を確認するため、ときおり神父はうしろをふり返っては、ふたたび漕ぎだした。リズミカルでむだのない、力強い漕ぎかたで、南仏のへぼ水夫たちに北部の人間がどうやって舟を漕ぐか、あらためて手本を見せているかのようだった。

舟はいきおいよく浜に到達すると、竜骨を砂にめり込ませて滑っていき、そのまま浜をのぼりつめてしまうかに見えたが、やがてぴたりと止まった。すると、神父の帰りを見まもっていた五人の男たちが、愛想よく、嬉しげに、いかにも好意に満ちたようすで、そばへ寄ってきた。

「どうかね、司祭さま、たんまり捕れましたかい？」男のひとりがプロヴァンス訛《なまり》まるだしで訊《き》いた。

ヴィルボワ神父はオールを舟におさめ、釣鐘形の帽子を脱いで三角帽をかぶると、まくっていた袖をおろし、僧服のボタンをかけた。そして、村の司祭としての態度と威厳をとり戻すと、得意げに答えた。

「ああ、そうとも、大漁だったよ。鱸《すずき》が三匹に、鱓《うつぼ》が二匹、あとは遍羅《べら》が数匹といったところかな」

1　ガランドゥとともに、架空の地名と思われる。

小舟に近よっていた五人の漁師は、船べりから身をのりだし、動かなくなった魚をわけ知り顔で検《あらた》めだした。よく脂ののった鱸、気味の悪い海蛇を思わせる平たい頭の鱓、それにオレンジの皮のような金色の帯がジグザグの縞模様を描いている紫色の遍羅。

漁師のひとりが言った。

「別荘まで運びますだ、司祭さま」

「すまんな、助かるよ」

男たちと握手を交わすと、そのうちのひとりを従えて神父は歩きだした。ほかの男たちには舟の後片づけをたのんだ。

力と威厳をただよわせながら、神父は大股でゆっくり歩いていた。いきおいよく舟を漕いだあとでまだ身体がほてっていたから、オリーヴのまばらな木陰にさしかかると、ときおり帽子を脱いで角ばった額を夕方の空気にさらした。空気はまだ生あたたかかったものの、沖からの微風でいくらかしのぎやすくなっている。短く刈りこんだ白い直毛で覆われた頭は、神父というよりも軍人の頭のようだ。やがて、丘の上に神父の村が見えてきた。丘の周辺には、海に向かってなだらかに傾斜している大きな谷間がひろがっている。

七月の、ある夕刻だった。まばゆいばかりの夕陽は、遠方につらなる丘のぎざぎざの稜線にいまにも触れようとしているところで、一面白っぽいほこりに覆われた道の上に、長々とのびた神父の影を斜めに落としていた。大ぶりの三角帽の影が、黒い大きな斑点となって沿道の畑をさまよい、オリーヴの木に出会うたび、その幹にするするとよじ登ってはすぐまた地面に降りてきて、木々のあいだを這《は》いまわって遊んでいるように見えた。

ヴィルボワ神父の足もとには、細かい土ぼこりがもうもうとたちこめていた。夏、プロヴァンス地方の道という道を覆うごく細かいほこりで、僧服のまわりに煙のようにたちのぼり、裾のあたりを灰色に染めていたが、しだいに白さを増していった。ようやく身体のほてりもおさまり、神父は両手をポケットにつっ込んで、坂道をのぼる山国の男のように、力強い足どりでゆっくりとすすんだ。おだやかな目は、二十年まえから司祭をつとめている自分の村に向けられていた。自分の意志でえらび、特別のはからいであてがわれた村で、ここに骨をうずめるつもりだった。神父の教会の周囲には家が密集し、大きな円錐を形づくっていた。その円錐のてっぺんに、教会のふたつの塔がそびえている。褐色の石の塔で、大きさは不揃いであるが、どちらも四角い形をしている。南仏のこの美しい谷間に、教会の鐘楼というよりも城塞の小塔を思わせる、その古風な輪郭をくっきりと浮かびあがらせていた。

神父は上機嫌だった。なにしろ、三匹の鱸《すずき》に二匹の鯶《うつぼ》、それに遍羅《べら》を数匹釣りあげたのだから。

これだけの釣果があれば、教区の人々にいくらか自慢することもできる。歳をとってはいるものの、この土地きっての筋骨たくましい男であることから、とりわけ尊敬を寄せられていた。このような、たわいもないうぬぼれが神父の何よりの楽しみだったのだ。ピストルを撃てば花の茎を断ちきるほどの腕前であったし、ときどき隣の煙草屋を相手にフェンシングの練習をすることもある。この煙草屋は以前連隊のフェンシング師範代をつとめていた男だった。また、泳ぎにかけては、浜の人間で神父の右にでる者はいなかった。

それればかりか、かつては社交界に名をつらねた紳士だった。ヴィルボワ男爵といえば音に聞こえた伊達《だて》男で、誰ひとり知らぬ者はいないほどであったが、恋の痛手がもとで、三十二歳にして聖職者になったのである。

ピカルディー地方の旧家の出だった。王政支持の敬虔な家で、男の子を代々、軍人、行政官、聖職者として送りだしていた。はじめは母親の勧めにしたがって司祭になろうと思っていたが、その後父親に懇願され、とりあえずパリに出て法律の勉強をすることにし、ゆくゆくはパリの裁判所で重要なポストに就くつもりだった。

だが、学業を終えようとしているころ、父親は沼地での狩猟のあと肺炎にかかって亡くなり、傷心のあまり母親もあとを追うようにして世を去った。そんなわけで、思いがけず莫大な財産を相続することになり、これといった職にも就かず、なに不自由ない暮らしを送っていた。

美男子であるし、頭もよかった。信仰やら、伝統やら、信条やらを、腕っ節の強さとともにピカルディーの田舎貴族として先祖からうけつぎ、そのために偏狭なところもないわけではなかったが、まじめな人々から好感を持たれ、もてはやされた。そして、志操堅固で、裕福な、尊敬にあたいする若者として人生を謳歌していた。

ところが、たまたま友人の家で若い女優と二、三度会ったのがきっかけで、この女に夢中になってしまった。国立音楽演劇学院《コンセルヴァトワール》のごく若い学生で、オデオン座[2]ではなばなしくデビューを飾ったところだった。

絶対の理念《イデア》を信じる人間らしく、ヴィルボワはわれを忘れて激しく女を愛した。ロマネスクな役を演じて女が初めて舞台で成功をかちえた日、その姿を見て、恋の虜《とりこ》になってしまったのである。

愛らしい容姿をしていたが、性悪な女だった。無邪気な子どものような顔をしていたので、ヴィルボワはよく天使の顔にたとえた。すっかり女に魅了されたヴィルボワは、恋に溺れ、前後の見境をなくしてしまった。恍惚境をさまよう心神喪失者のように、女のまなざしやスカートに心を乱され、激しい情欲の炎に身を焼かれた。やがて女を愛人にして、舞台から退かせたが、四年のあいだ、女への熱情は募るいっぽうだった。家名も一門の名誉も捨てさり、女を妻に迎える覚悟でいたのだが、ある日のこと、ふたりをひき合わせた友人と共謀して、だいぶまえからヴィルボワを騙《だま》していたことを知った。

女は妊《みご》っていて、子どもの誕生を機に結婚するつもりでいただけに、事態はいっそう悲惨だった。

引き出しのなかに証拠の手紙を何通か見つけると、もちまえの粗暴さを発揮して、女の不貞、裏切、卑劣さを激しく批難した。

ところが、パリの街娼さながらに、女はふしだらであるばかりか破廉恥でもあったから、ほかの男のようにヴィルボワも意のままになると思いこんでいた。虚勢を張ってバリケードによじのぼる下層階級の娘のように、女は大胆にもヴィルボワにくってかかり、悪態をついた。ヴィルボワが手を振りあげると、女は自分の下腹をさし示した。

ヴィルボワは蒼《あお》ざめて、振りあげた手をおろした。自分の血を分けた者が、この不浄の肉体に、この卑しい身体に、このおぞましい女のなかに宿っているのだ。自分の子どもが！　やにわに女におどりかかって、ふたりとも押しつぶしてしまおうとした。この二重の汚辱を一気に消し去ってしまうつもりだった。女は恐ろしくなった。殺されてしまうのではないかと思い、男のこぶしの下を転げまわった。そして、すでに胎児が息づいて膨らみかけているわき腹を男が蹴りつけようとしているのを見ると、大声をあげ、両手をさしだして、男の足を押しとどめようとした。

2　パリ六区、リュクサンブール公園の北に位置する、長い歴史を有する劇場。一七八二年に発足し、二度の火災に遭い、いくどか名称を変えて現在にいたっている。十九世紀末まで、劇作家、俳優の登竜門の観があった。

「殺さないで。あんたの子じゃないの、あの人の子なのよ！」

ヴィルボワは思わずぎょっとして後ずさった。女のことばに動転し、唖然《あぜん》として怒りも忘れて立ちつくした。そして、どうにか口を開くと、

「な……なんだと？」

男の恐ろしい目つきや身振を見て死を予感した女は、急に怖くてたまらなくなり、こうくり返すばかりだった。

「あんたの子じゃない、あの人の子なの」

ヴィルボワは歯をくいしばり、呆然として力なく言った。

「子どもが？」

「そうよ」

「嘘だ！」

そう言って、ふたたび相手を押しつぶそうとするように足を動かしはじめたが、愛人は膝をついて身を起こし、懸命に後《あと》ずさりしようとしながら、とぎれとぎれに言った。

「あの人の子だって言ってるじゃない。あんたの子だとしたら、とっくにできてい

たはずでしょ」

女の言い分はもっともで、ヴィルボワははっとした。ある思いが稲妻のように脳裡をよぎった。強い光に照らされ、一挙に、推論のことごとくが確実で、反論の余地のない、決定的な、否定しがたいものに思えてきて、確信した。自分は、淫売の胎内にいるこの忌《い》まわしい子の父親ではない。すると、ほっとして解放されたような気分になり、にわかに気も鎮まって、汚らわしい女を絞め殺してやろうという気も失《う》せた。

そして、ずっとおだやかな声で言った。

「さあ、起きろ。さっさと出ていけ。二度とおまえの顔は見たくない」

女は言われるままに、すごすごと出ていった。

それ以来、二度と女と会うことはなかった。

ヴィルボワ自身もパリを後にした。南仏へ、太陽の国へとむかい、地中海のほとりの小さな谷の真ん中にある、とある村に足を止めた。海に臨む一軒の宿屋が気にいり、ここに部屋を借りて逗留した。悲しみと、絶望と、完全な孤独に耐えながら、そこに一年半とどまった。裏切った女の思い出に身を苛《さいな》まれて、毎日を送った。女の魅力を、その婀娜《あだ》っぽさを、口に出すのもはばかられるその蠱惑《こわく》的な美貌を思いだしては苦しみ、女を失い、その身体に触れることができなくなったのを悔やんだ。

プロヴァンス地方の谷あいをさまよい歩いた。灰色がかったオリーヴの葉のあいだからこぼれる陽光を頭にうけながら歩きまわった。病んだ頭は、まだあの忌まわしい思い出にとり憑《つ》かれていたのだが。

だが、この苦痛にみちた孤独な暮らしを送っているうち、昔の敬虔な考えが、いくぶんおだやかにはなったが少年時の熱烈な信仰心が、徐々に心によみがえってきた。かつて宗教は未知の生活にたいする避難所のように思えたものだが、いまでは欺瞞と苦痛にみちた生活にたいする避難所のように思えてきた。祈りをあげる習慣はずっと失わずにいた。心に痛手をうけて、いっそう熱心に祈りを捧げるようになった。日が暮れると、しばしばヴィルボワはうす暗い教会に出むいてひざまずいた。内陣の奥では、神の座を護《まも》る聖なる番人であり、現存する神の象徴でもあるランプの火だけが、小さく点《とも》っていた。

ヴィルボワは神に、自分の神に苦悩をうちあけ、自身の惨めな境遇について洗いざらい語った。神に助言を、慈悲を、救済を、加護を、慰安を求めた。こうして、日を追うごとにますます熱心に祈りを唱え、そのたびにいっそう深い感動をあじわった。

女への愛が原因で、心は痛めつけられ、痛手を負っていたが、頑《かたくな》に閉ざされてしまったわけではなく、あいかわらず強く愛情をもとめていた。そして、一心に祈りを唱えつづけ、信仰の習慣を身につけて隠者のような暮らしを送った。敬虔な信者として、哀れな人間を慰め、その心を惹《ひ》きつける救世主との、ひそやかな交流に没頭した。そのおかげで、少しずつ、神にたいする浄化された愛がヴィルボワの心に入りこみ、もうひとつの愛にうち勝った。

そして、かつての志《こころざし》をよみがえらせた。無垢のまま捧げることができなかった自分の人生を、カトリック教会に捧げる決意をした。

そうして聖職者になった。一族や知人たちの力で、偶然たどり着いたこのプロヴァンス地方の村の兼務司祭になることができた。財産の大部分は慈善団体に寄付してしまい、自分が死ぬまでのあいだ、有益な生活ができ、貧しい人々に救いの手をさしのべることができるだけのものを残して、敬虔な礼拝と同胞への献身にいそしむ、おだやかな生活のなかに逃避した。

ヴィルボワは視野は狭いが、善良な司祭だった。軍人のような気質をもった、宗教の案内人だった。われわれの本能や嗜好や欲望が、ことごとくわれわれを迷わす小径《こみち》となっているこの人生という森のなかで、さまよい、目がくらみ、方向を見うしなった人間を、力ずくで正しい道にひき戻す、カトリック教会の案内人だった。とはいえ、昔の気質の多くがまだこの男のなかに生き残っていた。激しい運動や、上流階級のスポーツや、フェンシングがいまなお好きだったが、女という女を嫌悪していた。得体の知れぬ危険をまえにして、子どもが心に抱くような恐怖を感じたからだった。

Ⅱ

司祭のあとについて歩いている水夫は、南仏の人間がみなそうであるように、しゃべりたくてうずうずしていた。だが、教区の人間は神父の威厳に気圧《けお》されていたから、自分のほうからきりだすことはできない。とうとう、水夫は思いきって言った。

「あのう、司祭さま、別荘の住みごこちはどんなもんですかの？」

この別荘というのは、夏になると、プロヴァンス地方の町や村の住人たちが避暑に行く、あの小さな家のひとつだった。神父は、司祭館から歩いて五分ほどのところにある、畑に囲まれたそうした小屋を借りていた。司祭館は教会の目と鼻の先で、教区の真ん中にあるものの、狭すぎて窮屈だった。

夏でも、ヴィルボワはいつもこの別荘で生活しているわけではなかった。草木に囲まれて暮らし、ピストルの練習をするためにときたまやって来て、二、三日を過ごすだけだった。

「そうだな、申し分ないよ」司祭は答えた。

低い屋根のその家は木立に囲まれて建てられ、薔薇色に塗られていた。囲いのない畑に植えられているオリーヴの葉や枝の陰になって、縞模様をつけられ、ばらばらに切りきざまれているように見える。さながら、畑のなかにプロヴァンス地方の茸《きのこ》がにょっきり生えているかのようだ。

大柄な女がひとり、夕食の食卓を準備するために戸口のまえを行ったり来たりしているのが見えた。女は屋外の小さなテーブルに戻ってくるたびに、その上にかならずなにかをゆっくりと置いていった。一人前の食器、小皿、ナプキン、ひと切れのパン、それにグラスといったぐあいだ。女は小さな縁なし帽をかぶっていた。黒い絹かビロード製の円錐形の帽子で、てっぺんに白い茸のような飾りのついた、アルルの女たちのかぶるものだった。

神父は声のとどくところまで来ると、大声で呼びかけた。

「おーい、マルグリット!」

女は立ち止まって顔を向け、主人だとわかると、

「あれ、司祭さまですか?」

「そうだ、たんまり獲物を持ってきたぞ。すぐ鱸を焼いてくれ、バター焼だ。バター以外は使っちゃだめだぞ、わかったな」

女中はヴィルボワたちのもとにやって来て、水夫の持っている獲物の魚をもの知り顔で眺めた。

「だけど、もう鶏肉のライス添え《プール・オ・リ》をつくっちまったんですよ」

「そいつは弱った。魚は獲れたてにかぎるからな。そうたびたびあることじゃないし、今回は特別にごちそうを並べてもらうとしよう。なあに、神さまも大目に見てくださるさ」

女中は鱸《え》を選りわけて持ちかえりかけたが、ふりむいて言った。

「そうそう、司祭さま。男の人が訪ねてみえたんですよ、三度も」

司祭はさほど気にとめたようすもなく、こう尋ねた。

「男が？　どんな男だね？」

「どんなって、どことなく胡散《うさん》くさい男で」

「なんだと。じゃあ、物乞いかね？」

「だと思いますけどね、たぶん。というより、マウファタンじゃないんですか」

そのことばを聞いて、ヴィルボワは笑いだした。マウファタンは悪党や追い剝《は》ぎを意味するプロヴァンス語だった。マルグリットが臆病者であることを司祭は知っていた。別荘にいるあいだずっと、とりわけ夜になると、賊が襲ってきはしまいかと気をもんでいたのである。

司祭から小銭をもらい、水夫は帰っていった。社交界に出入りしていたころと同じように、ヴィルボワは身だしなみに気をつかっていたから、「ちょっと顔と手を洗ってくるよ」と言いかけたとき、マルグリットが台所から大声をあげた。女中は包丁で鱸の背を逆にそいでいたところで、ちょっぴり血のついた鱗《うろこ》がごく小さな銀貨のように剝がれおちていた。

「ほら、あの男ですよ！」

街道のほうを見やると、たしかに男の姿が目に入った。遠目にも、みすぼらしい身なりであることがわかる。別荘に向かって、男はせかせかと歩いていた。神父は男が来るのを待つことにした。怖がっている女中をおもしろがりながら、こう思った。

《なるほど、マルグリットの言うとおりかもしれん。どう見てもやつはマウファタンだ》

見知らぬ男はポケットに両手をつっ込み、神父の顔を見すえながら、べつに急いでいるふうもなく近づいてきた。若い男で、縮れたブロンドのひげを伸びほうだいにしている。ソフト帽の下からカールした髪が垂れていたが、その帽子たるや、ひどく汚れて大きな穴があいているため、もとの色や形がわからないほどだった。栗色の長い外套、裾がぼろぼろに裂けたズボンを身につけていた。縄底のズック靴《エスパドリーユ》をはいているため、気だるげで、足音をたてないうす気味悪い歩きかた、人目をしのぶ浮浪者のような歩きかただった。

司祭の近くまでやって来ると、男はいくらか芝居がかった動作で、かぶっていたぼろ帽子をとった。すると生気のない、ごろつきめいた、それでいて端正な顔だちが現れた。頭のてっぺんが禿《は》げているのは、働き疲れたのか、あるいは若いうちから放蕩にふけった証拠だろう。男は二十五歳を超えているようには見えなかった。

Maurice de Lambert

司祭もすぐ帽子を脱いだ。相手がふつうの浮浪者でないことは察しがついた。仕事にあぶれた労働者や、監獄を渡りあるいて徒刑囚の隠語しか話せなくなった前科者ではないと見抜いたのだ。

「こんにちは、司祭さま」男は言った。司祭は「やあ、どうも」とだけ答えた。ぼろをまとったこの胡散くさい男に、親しげな口をききたくなかったからだ。ふたりはしげしげとたがいの顔を見つめあった。この浮浪者の視線を受けて、ヴィルボワ神父は動揺を抑えることができず、見知らぬ敵に直面したように心が昂《たかぶ》った。血や肉のなかに戦慄を走らせる、あの言いようのない不安に襲われたのだ。

やがて、浮浪者が言った。

「どうです、おれに見おぼえがありませんか？」

司祭は驚き入って答えた。

「いや、まったく見おぼえはないが」

「そうか、憶《おぼ》えていないか。もっとよく見てくれませんかね」

「いくら見てもむだだ。あんたに会ったことはない」

「なるほど、そうですか」と相手は皮肉な口調でつづけた。「でしたら、あなたのよく知っている人をお目にかけますよ」

男はふたたび帽子をかぶり、外套のボタンをはずすと、胸があらわになった。痩せこけた腹に巻きつけた赤いベルトが、腰の上でズボンをつなぎとめている。

男はポケットから一通の封筒をとりだした。ありとあらゆるしみがついて、そこかしこが斑《まだら》になった、およそ封筒とは言えないような代物だ。浮浪者の内ポケットにしまわれ、憲兵に出会ったさいに見せて、ぶじ放免してもらえるような、なにがしかの書類をおさめておく封筒だった。書類は、本物の場合もあれば、偽物の場合もあるし、盗んだ書類かもしれないし、正式に手に入れた書類かもしれない。その封筒から、男は一枚の写真をとりだした。昔よくつくらせた封書大の写真で、男が長いあいだ持ち歩いていたせいで黄色く焼け、くしゃくしゃになっているうえ、肌身離さず身につけていたために、温められて色あせていた。

それから、自分の顔とならべるように写真を持ちなおして、こう訊いた。

「なら、この男に見おぼえは？」

もっとよく見ようと、神父は少しまえに出た。とたんに、はっとして顔から血の気がひいた。それは自分の写真だった。遠い昔、恋に目がくらんでいたころ、あの女のためにつくらせたものだった。

　さっぱりわけがわからず、ヴィルボワは返事をしなかった。

　男はまた尋ねた。

「見おぼえがあるんですね、この男に？」

　司祭は言いにくそうに答えた。

「ああ、もちろん」

「どなたで？」

「わたしだ」

「たしかにあなたですよね？」

「もちろんだ」

「それじゃあ、ふたりを見くらべてもらいたいな。あなたの写真とおれとをね」

　司祭は、哀れなヴィルボワは、言われるまでもなく、すでに見ていた。ふたりの男が、写真の男とそばで笑っている男が、まるで兄弟のようによく似ていることを。それでもまだ事情がのみ込めないので、ためらいがちに尋ねた。

「ようするに、なにが望みなのかね？」

浮浪者は悪意のこもった声で、

「なにが望みって、そりゃあ、とにかくおれを認めてくれることですよ」

「いったいだれなんだ、あんたは?」

「おれがだれかって? だったら、往来を歩いている人をつかまえて訊いてみたらどうです。お宅の女中に訊いたっていい。なんなら、ここの村長さんのところへ行って訊いてみようじゃありませんか、こいつを見せてね。そしたら、笑いだすにきまってますよ。そうか、あなたは認めたくないってわけだ、おれがあなたの息子だってことを。ちがいますか、司祭のお父さん?」

するとと老司祭は、聖書に登場する絶望した人物のように両腕を高くあげ、うめくように言った。

「そんなはずはない」

顔と顔を突きあわせるように、若い男はぐっと身を寄せてきた。

「おやおや、そんなはずはないときた。神父さん、嘘をついちゃいけないな」

男はすごみをきかせた顔でこぶしをぎゅっと握りしめ、さも自信ありげに話すので、司祭はいくらか後ずさりしながら、いったいどちらの言い分がただしいのかわからなくなった。

とはいえ、司祭は再度きっぱりと否定した。

「わたしに子どもなどいない」

相手は言い返した。

「じゃあ、愛人もいなかったわけで？」

司祭は臆することなく、ひとことで答えた。

「いた」

「その愛人てのは、あなたが追いだしたとき、妊娠してたんじゃありませんか？」

すると、遠い昔の怒りが、二十五年まえにおし殺した怒りが、いや、おし殺したのではない、心の底に塗りこめていた怒りがにわかに沸きたって、信仰心と、諦念の入りまじった献身と、すべてを放棄することによって築きあげた天井がうち破られた。

ヴィルボワはわれを忘れて叫んだ。

「そうだ、追いだしたとも。あの女がわたしを裏切り、べつの男の子を妊っていたからだ。追いださなければ、殺していただろう。あの女もろとも、あんたもな」

司祭の剣幕に驚き、こんどは若い男のほうがためらった。そして、まえよりもおだやかな口調で言った。

「だれが言ったんです、ほかの男の子だと？」

「もちろんあの女がそう言ったんだ。わたしにくってかかりながら」

それを聞いて、男はべつに反論するでもなく、ならず者が裁きをつけるときのような冷淡な調子でこう言った。

「そりゃあ、母さんがあなたにくってかかったとき、つい口から出ちまったんだ。それだけのことですよ」

怒りを発散させたせいか、神父はおちつきをとり戻して自分のほうから尋ねた。

「それで、だれから聞いたのかね、あんたがわたしの息子だと？」

「母さんですよ、司祭さん、死にぎわにね……ほら、こいつを見てもらいたいな」

男は司祭の面前に例の小さな写真をさしだした。

老司祭はそれを手にとると、おもむろに、時間をかけ、不安におののきながらこの見知らぬ男と若き日の自分の写真とを見くらべた。もはや疑いの余地はない、まさしく自分の息子だ。

悲痛な思いが胸にあふれ、苦痛にみちた、言いようのない動揺にみまわれた。それは昔犯した罪を悔いる気持に似ていた。いくらか事情がわかってくると、あとは見当がついた。女と別れたときの、あの暴力沙汰が脳裡によみがえった。侮辱された男から殺されそうになり、あの女は、あの嘘つきで不実な女は、助かりたい一心であんな嘘を口走ったのだ。そして、その嘘はまんまと功を奏した。その結果、自分の血をわけた息子が誕生し、成長して、街道をうろつく汚らしい男になったわけだ。牡山羊《おやぎ》がひどい獣の臭《にお》いを発散させるように、悪の臭いをぷんぷんさせている、この汚らしい浮浪者に。

司祭は声をおとして言った。

「いっしょに歩いてくれないかね、もう少し話したいことがある」

相手はうす笑いを浮かべて言った。

「いいですよ、わざわざそのために来たんだから」

ふたりは肩を並べてオリーヴ園のなかを歩いた。すでに陽は沈んでいた。南仏の黄昏《たそがれ》の涼気が目に見えない冷たいマントを野面にひろげている。神父は身を震《ふる》わせ、聖務にたずさわる者の習慣で、ふと顔をあげた。あたり一面に、オリーヴの灰色がかった小さな葉が、夕空を背景にこきざみに震えているのが見える。キリストの最大の苦悩を、ただ一度の気力の衰えを、その小さな木陰で隠した神聖な木の葉が。[3]

短い、必死の祈りが司祭の胸のうちに湧きおこった。信者が救世主たる神に懇願するときの、けっして口から出ることのない内心の祈りだった。《神よ、われを救いたまえ》

それから息子のほうを向いて、

「では、お母さんは亡くなったんだね？」

そう言ったとたん、あらたな悲しみが込みあげて心を揺さぶった。人間は生きているかぎり過去を忘れ去ることができない。そのことを思い知らされるような、言いようのない惨めな思いであり、かつて被《こうむ》った苦痛の残酷な反響だった。いや、女はすでに亡くなっているのだから、おそらくそれ以上のものだ。いまでは痛ましい思い出しか残っていないが、青春時代の、あの常軌を逸した短い幸福を思っての戦慄だったのかもしれない。

3　最後の晩餐を終えたキリストは、弟子とともにオリーヴの木が栽培されているオリーヴ山のゲツセマネに赴き、そこで神に最後の祈りを捧げ、説教をした。『新約聖書』の「ルカによる福音書」二十二章、「マタイによる福音書」二十六章などの記述を踏まえている。

若い男は答えた。

「ええ、司祭さん、おふくろは死にました」

「だいぶまえにかね？」

「そう、もう三年になるかな」

あらたな疑問が司祭の心に浮かんだ。

「だったら、どうしてもっと早く会いに来なかったんだ？」

「できなかったんですよ。こっちにもいろいろ事情があってね……ともあれ、くわしい話は後まわしにしてもらえませんか。あとでいくらでもお話ししますよ。じつは、きのうの朝からなにも食べてないもんで」

老人の胸に憐憫の情が込みあげ、思わず両手をさしのべた。

「そうか、そりゃあ気の毒に」

若者はさしだされた大きな手を受けとめた。その手は息子の指を、熱をおびたように温かいずっとほっそりした指を、包みこんだ。

それから、あいも変わらぬ冗談めいた調子で、男は言った。

「やっぱりね、どうやらわかり合えそうだ」

司祭は歩きだした。

「さあ、夕食にしよう」

ふと、釣りあげたみごとな獲物のことを思いうかべて、司祭はささやかな喜びをおぼえた。奇妙な、とらえどころのない、本能的な喜びだった。鶏肉のライス添え《プール・オ・リ》といっしょに魚をふるまってやれば、この気の毒な息子には、今晩のなによりのごちそうになるだろう。

アルル生まれの女中は、不安げなおももちで、早くもぶつくさ言いながら、戸口で待ちかまえていた。

「マルグリット」と司祭は大声で言った。「テーブルを片づけて部屋に運んでくれ、大急ぎでな。それから、食事はふたり分用意してくれ、大急ぎでたのむ」

主人がこんないかがわしい男といっしょに食事をするとは。そう思って、女中は目を丸くしていた。

ヴィルボワ神父はみずから食卓を片づけ、一階のたったひとつしかない部屋に自分の食器を運びはじめた。

五分後、ヴィルボワは浮浪者と向かいあって坐っていた。ふたりのあいだにはキャベツのスープがたっぷり入った鉢が置かれ、熱い湯気がもうもうとたちのぼっていた。

Ⅲ

ふたりの皿にスープがなみなみとつがれると、浮浪者はスプーンをせわしく動かして、むさぼるように飲みだした。神父はもう食欲を失っていて、おいしいキャベツのスープをゆっくりとすすっているだけだった。パンは皿の底に残ったままだ。

いきなり、神父は訊いた。

「名前はなんというのかね?」

腹がふくれたのに気をよくして、男は笑いながら答えた。

「父親がわからないから、もっぱら母親の姓を名乗ってるんですが、まだ憶えておいでしょう。そのかわり、名前のほうはふたつありましてね。よけいなことだけど、あんまりおれにはふさわしくない名前なんだな。フィリップ＝オーギュストっていうんですよ」

神父は蒼ざめた顔で尋ねた。喉が締めつけられるようだった。

「どうしてまた、そんな名前を？」[4]

浮浪者は肩をすくめた。

「訊くまでもないでしょうが。あなたと別れてから、母さんはあなたの恋敵《こいがたき》に、おれをそいつの息子だと信じこませようとしたんだ。おれが十五歳になるまで、そいつはそう信じていたんじゃないかな。ところが、そのころからおれはあなたに似てきたんだな、どう見てもね。そうしたら、あの野郎、おれの認知をとり消しやがった。フィリップ＝オーギュストというご大層な名前がついていたから、もしおれが運よくだれにも似ていなかったとしたら、もしくは、おれがどこかの盗人《ぬすっと》の息子だったとしてもその盗人が名乗りでなかったら、いまごろはフィリップ＝オーギュスト・ド・プラヴァロン子爵と名乗っていたはずなんだ。上院議員プラヴァロン伯爵の、遅まきな

4　フィリップはフランス王や聖人に多く見られる名前。オーギュストは初代ローマ皇帝アウグストゥスの名でもあり、形容詞としては「厳かな」の意味がある。カペー朝第七代フランス国王のフィリップ二世（一一六五～一二二三年）はフィリップ・オーギュスト（フィリップ尊厳王）と呼ばれた。ようするに、庶民につける名前としては身分不相応であり、滑稽の感を免れないということ。

がら認知された息子としてね。だから、自分のことをいつも運なし野郎って呼んでるんだ」

「どうして知ったのかね、そうしたことを？」

「そりゃあ、さんざん口げんかを聞かされたからでね。おれのいるまえで、ずいぶん口汚くやりあっていたっけ。まあ、そのおかげで、世の中ってものを知ったわけだけど」

三十分まえから司祭を悩ませ、苦しませてきたものよりも、いっそう苦痛をもたらし、ひとしお身を苛むものが胸を締めつけた。息苦しさのようなものから始まり、刻々それはひどくなって、ついには命を奪われてしまうようにすら思われた。それは司祭が耳にしたものではなく、このならず者の話しぶりや、ことばを発するときのその悪党めいた顔つきがもたらすものだった。この男と自分とのあいだに、息子と自分とのあいだに、人によっては猛毒となりかねない、汚れた精神の淀みのようなものをヴィルボワはいま感じはじめていた。この男が自分の息子なのか？　まだ信じられない。証拠が、あらゆる証拠が欲しかった。すべてを知り、すべてを理解したかった。いかなることにも耳をかたむけ、いかなる苦痛をも甘受したかった。ヴィルボワはふたたび小さな別荘をとりまくオリーヴの木々に思いを馳せ、もう一度《ああ、神よ、われを救いたまえ》とつぶやいた。

フィリップ＝オーギュストはスープを食べおわると、こう訊いた。

「ところで、もっと食い物はないのかな、神父さん？」

台所は別荘ではなく付属した建物のなかにあり、マルグリットのところまで司祭の声は届かないので、用事のあるときには、自分のうしろの壁のそばに掛けてある中国の銅鑼《どら》を叩いて知らせることにしていた。

司祭は革製の小槌を手にとって、円い金属板をいくどか叩いた。最初、弱々しい音が発せられたかと思うと、それはしだいに勢いづき、大きくなり、うち震え、鋭く、とてつもなく鋭くなって、叩かれている銅鑼が恐ろしい悲痛な叫びをあげているかのようだった。

女中がやって来た。顔を引きつらせ、怒りのにじむ目でマウファタンを見やっている。あたかも、忠犬がその本能で主人の身に起こる悲劇を予感しているかのように。

女中が手にしている焼いた鱸からは、溶けたバターのうまそうな匂いがたちのぼっていた。神父はスプーンを使って魚の身をくまなくとり分けると、背の部分を息子に勧めた。

「さっきわたしが釣ってきた魚だよ」悲嘆にくれながらも、いくらか自尊心をとり戻して言った。

マルグリットはその場を動こうとしなかった。

司祭はふたたび命じた。

「ワインをたのむ、上等のやつをな。カップ・コルスの白がいい」

女中が渋っているので、司祭は強い口調でくり返さなければならなかった。「さっさと持ってくるんだ、二本だぞ」めったにないことではあるが、だれかにワインをふるまうとき、司祭はきまって自分のために一瓶持ってこさせるのだった。

フィリップ＝オーギュストは顔をほころばせて、つぶやいた。

「そいつはありがたい。ごちそうにはありつくのは、久しぶりなもんでね」

二分ほどして女中は戻ってきたが、その間が司祭にはとてつもなく長く感じられた。激しい好奇心を抑えきれず、業火にじりじりと身を焼かれるようだった。

ワインの栓が抜かれたが、女中はその場に立ったまま、じっと男に目をそそいでいた。

「ふたりきりにしてくれ」司祭が言った。

女中は聞こえないふりをした。

司祭は叱りつけるような口調でくり返した。

「ふたりきりにしてくれと言ったはずだぞ」

女中は引きさがった。

フィリップ＝オーギュストはがつがつと魚を食べている。そのようすを眺めながら、自分によく似たその顔にあらゆる卑しさを見いだしているうち、父親はますます当惑し、気がふさいできた。ヴィルボワ神父は魚を小さく切って口へ運んでいたが、喉が詰まってなかなかのみ込めないでいた。長らく噛んでいるうち、聞きただしたいことをあれこれ思いうかべながら、真っ先に返事をもらうべきことを考えていた。

ようやく声をおとして尋ねた。

「亡くなった原因は？」

「胸の病気でね」

5　コルシカ島北部の半島。現在でもここで上質の甘口白ワインがつくられている。

「長らく病気で苦しんでいたのかね？」

「一年半くらいかな」

「どうしてそんな病気に？」

「さあね」

ふたりはそこで口をつぐんだ。神父はもの思いにふけった。本来ならもっと早く知るべきだったことが次々と頭に浮かんで、胸が締めつけられた。女と別れた日、あやうく女を殺すところだったあの日から、何ひとつ女については聞いていなかった。むろん、自分のほうから知ろうとしなかったせいでもある。女のことも、ともに過ごした幸福な日々のことも、きっぱり忘れ去る決意をしたのだから。とはいえ、女が亡くなったことがわかり、突如として、知りたいという熾烈《しれつ》な欲望が心に芽ばえた。嫉妬のまじった欲望、恋する男の抱くような欲望が。

司祭はふたたび口を開いた。

「ひとりで暮らしていたわけではないんだろう、お母さんは？」

「そう、あの男とずっといっしょだった」

老司祭は身を震わせた。

「あの男？　プラヴァロンとかね？」

「そうですよ、もちろん」

かつて裏切られた男は、頭のなかでざっと計算してみた。自分を騙した女は、あの恋敵の男と三十年以上も暮らしをともにしていたのだ。

思わず、小声でこう尋ねた。

「ふたりは幸福だったのかね、いっしょにいて？」

若い男はにやつきながら応じた。

「もちろん。まあ、いろいろあったけどね。おれさえいなけりゃ、まったく問題はなかったんじゃないかな。いつもおれが台なしにしちまったんだ」

「どういうことかね、それは？」司祭は訊いた。

「もう話したでしょ。おれが十五歳のころまで、あの男は自分の息子だと思いこんでいた。ところがやつも間抜けじゃないから、人に言われるまでもなく、おれがあなたに似てることに気づいたってわけで。それで、すったもんだしたもんです。こっちはドアのかげで立ち聞きしてましてね。よくも騙したなって、あいつが母さんをなじったところ、こう言い返してましたよ。《わたしのせいだって言うの？　承知していたはずよ、あんたがわたしを自分の女にしたとき、わたしはべつの男の愛人だったことを》そのべつの男というのが、あなたなんだけどね」

「そうか、では、わたしが話題にのぼることもたまにはあったわけか？」

「そうですよ、でも、おれのまえであなたの名前を口にしたことはなかったな。だけど一度だけ、最後の最後になって、母さんもいよいよ助からないと思ったのか、名前を言ってしまったんだ。母さんもあの男も、それまでずっと用心して言わなかったのに」

「それで、あんたは……早くから知っていたのかね、母親が日陰の身であることを？」

「あたりまえでしょう。そんな世間知らずじゃないからね、おれは。あたりまえじゃないですか。そんなことは、世の中ってものを知ってたら、すぐ察しがつくからね」

フィリップ＝オーギュストはみずからワインをついで、遠慮なくぐいぐいと飲んだ。目がぎらぎらと輝いてきたのは、長いあいだ飲まず食わずにいて急速に酔いがまわってきたからだろう。

それに気づいて司祭は飲むのを止《や》めさせようとしたが、酔えば警戒をゆるめて口が軽くなるかもしれない、そう思いなおして、ワインの瓶をとり、もう一度、若者のグラスになみなみと注いでやった。

マルグリットが鶏肉のライス添え《プール・オ・リ》を運んできた。テーブルの上にそれを置くと、またもや浮浪者をにらみつけ、憤然としたおももちで主人に言った。

「まあご覧くださいよ、司祭さま、あんなにへべれけになっちまって」

「かまわんでくれと言っただろう、用が済んだら下がってくれ」

ばたんとドアを閉めて女中は出ていった。

司祭は尋ねた。

「あんたの母親は、わたしのことをどう言っていた？」

「どうって、別れた男について人がよく言うようなことですよ。気むずかしい人間だとか、女から見たら退屈な男だとかね。それから、あなたの思いどおりに暮らしていくなんて、とてもできそうにないとも言ってたな」

「よくそうしたことを言っていたのかね？」

「そうですよ。わからないように遠まわしに言うこともあったけど、なあに、こっちはちゃんとお見とおしでね」

「それで、家ではどんな扱いを受けていたんだ？」

「おれが？　最初のうちはすごくよかったな。だけど、そのうち最悪になっちまった。おれが母さんのもくろみをぶち壊したもんだから、追いだされたんだ」

「どういうことかな？」

「いやね、どうもこうも、十六のころ、ちょっとばかり羽目をはずしたことがあったんで。そしたら、やつら、おれを少年院送りにして、厄介ばらいをしたってわけなんだ」

若者はテーブルに両肘をつき、両手で頬をささえた。すっかり酔いがまわり、分別をなくしてしまったのだろう、酔っぱらいが突拍子もないほら話をするような調子で、にわかに身の上話を始めた。

若者は口もとに女性のような優美さを湛《たた》えて、やさしげに笑っていた。それは見おぼえのある、邪《よこしま》な優美さだった。見おぼえがあるばかりでなく、嫌悪をもよおさせ、にもかかわらず心を惹かれる優美さであり、かつて自分を虜にして破滅へとみちびいた、あの優美さだった。目のまえの子どもは母親に生き写しであるように思えた。顔かたちが似ているわけではない、人を魅了する芝居がかったまなざしや、とりわけ、人をあざむく魅力的なほほえみがそっくりなのだ。そのほほえみから、心のなかの汚らわしいものが残らず見てとれるような気がした。

フィリップ＝オーギュストは語りはじめた。

「あはは、少年院に送られたおかげでね、めずらしい経験をすることができたんですよ。有名な小説家が大金を出して買ってくれそうな経験をね。そうですとも、デュマ・ペール[6]の『モンテ＝クリスト伯』にだって、おれの体験したような奇妙きてれつなことは書かれちゃいないな」

そう言って、酔っぱらいがなにか考えようとするときのしかつめらしい顔つきで、いったん口をつぐんだ。それから、ゆっくりと話をつづけた。

「子どもがまともに育ってほしいんなら、たとえなにをやらかしたとしても、ぜったいに少年院なんかに入れちゃだめだ。あそこじゃろくなことを覚えやしない。じつ

6　フランスの小説家・劇作家（一八〇二〜七〇年）。『モンテ＝クリスト伯』のほか、『三銃士』『二十年後』などの小説で知られている。

は、ちょっとばかり悪ふざけをしたことがあってね、そいつが裏目にでたんだなあ。ある晩、九時ごろだったかな、仲間三人とフォラックの渡し場ちかくの街道をぶらついてたんだ。みんなほろ酔い機嫌だったけど、ちょうどそのとき一台の馬車に出くわしてね。なかじゃ、みんな眠ってた。御者の一家でしたよ。マルチノンに住んでるやつらで、町に夕食を食べに行った帰りだったんだろう。おれは馬の手綱をとり、馬車ごと渡し船にのっけて、川の真ん中へんまで押しやったんですよ。物音がしたもんで、亭主が目をさましてね、わけがわからないまま、馬に鞭をくれたんだな。そしたら馬が走りだして、馬車ごと水のなかへどぶんととび込んだってわけだ。それで、みんな溺れ死んじまった。そいつを仲間がたれ込みやがってね。やつらにしても、はじめのうち、こっちの悪ふざけを笑いながら見ていたくせに。まったく、そんなことになるとは思ってもいなかった。まあ、ちょっくら水浴びでもさせてやろうと思っただけなんだ、ほんの冗談でね。

その後、その腹いせのつもりで、もっとひどい悪ふざけをやったっけ。だってそうでしょう、あれくらいのことで少年院送りにされちゃかなわない。まあ、その後しでかしたことについては、話すほどのことはありませんがね。ただ、ひとつだけ、最後にやったことだけは教えときますよ。きっとあなたの気に入るはずだ。じつはね、あなたの敵《かたき》を討ってやったんですよ、父さん」

神父はおびえたような目で息子をじっと見つめていた。さきほどから、もうなにも食べてはいなかった。

フィリップ＝オーギュストはまた話しはじめようとした。

「いや」司祭は言った。「ちょっと待ってくれ」

そう言ってうしろをふりむき、中国の銅鑼を叩くと、甲高い音で鳴りひびいた。

マルグリットがすぐやって来た。

主人から厳しい口調で用を言いつけられ、恐れをなした女中はうつむいて素直に従った。

「ランプをたのむ。それから、まだテーブルに出せるものがあるなら、残らず持ってくるんだ。それが済んだら、こちらが銅鑼を鳴らさないかぎり、けっして顔を出すんじゃないぞ、いいな」

女中は出ていった。戻ってくると、テーブルクロスの上に、緑色の笠をかぶせた白い磁器製のランプを置き、大きなチーズひと切れと果物をならべて、引きさがった。

神父は毅然とした口調で言った。

「さあ、聞こうじゃないか」

フィリップ＝オーギュストはおちつき払って、デザート皿とワインのグラスをみたした。司祭は手をつけていなかったものの、二本目のワインの瓶はほとんどからになっていた。

若者は食べ物をほおばっているうえ、すっかり酔っぱらっていることもあって、もごもごとまた語りはじめた。

★

「最後にやったことでしたっけ。そうそう、こいつがまたけっさくな話でね。おれが家に戻っていたときで……あいつら、おれが怖かったもんだから、家にいてほしくなかった……そう、びくびくしていてね……だけど、あれこれ口出しでもしようもんなら、そしたら、こっちだって黙ってませんや……そうでしょう……あいつら、いっしょに暮らしたかと思うと、別々に暮らしたりしていてね。住居《すまい》をふたつ持っていたんだな、あの男は。上院議員の住居と、愛人と暮らす家とをね。もっとも、自分の家より母さんのところにいるほうが多かった。母さんと離れて暮らすことができなかったんだ。まったく……抜け目がなくて、したたかな女だったからね、母さんは……男を虜にしちまった。身も心もしっかりとつかんで、最後まで離さなかったんだ。ばかなもんですよ、男なんて。それで、そうそう、おれは家に戻ると、やつらに脅しをかけて従わせてたってわけで。その気になりゃ、なんでもうまくきりぬけることができるんだ、おれはね。悪知恵にしても、かけひきにしても、それに腕っぷしにしたって、まあ、おれの右に出る者はいないだろうな。そのうち母さんが病気になって、ムーラン[7]の近くのりっぱな屋敷に移されたんだ。森みたいに広い庭園に囲まれていてね。一年半ほどそこで暮らして……さっき言ったようにね。そのうち、いよいよ最期が近づくと、やつは毎日パリからやって来た。悲しんでましたよ、心の底からね。

で、ある朝、ふたりは一時間近くもこそこそしゃべってましてね。そんなに長く、いったいなんの話をしてるんだろうと思ってたら、ふたりに呼ばれて、母さんがこう

7 ムーラン＝アン＝イヴリーヌ。パリの北西四十キロほどのところにある、セーヌ川沿いの町。

言うんだな。《わたしはもう長くはないから、おまえに話しておきたいことがあるの。伯爵に反対されたんだけどね》母さんはいつもやつを伯爵って呼んでたんですよ。《おまえの父親の名前のことなんだよ。その人はまだ生きているの》

おれは、以前たびたび母さんに尋ねたんだ……なんどもなんども……父親の名前を……なんどもなんどもね……だけど、けっして教えてくれなかった……なんとか言わせるために、横っ面をひっぱたいたこともあったくらいでね。それでも口を割らなかった。こっちがしつこく訊くもんだから、あの女はこんなふうに言ってたっけ。おまえの父親は一文なしのまま亡くなっちまった。どうしようもない男だったけど、わたしもまだ若くて、まるっきり世間知らずだったからねえって。いかにももっともらしく話すんで、こっちはすっかり丸めこまれちまった。それで、てっきりあなたは死んだものだとばかり思ってた。

話を戻すけど、母さんはこう言ったんですよ。《おまえの父親の名前は》

すると、やつは肘かけ椅子に腰をおろしてたんだが、大声で三度もくり返し反対しやがってね。

《よしなさい、よしなさい、よすんだ、ロゼット》ってね。

母さんはベッドの上に坐った。いまでも、そのようすが目に浮かぶけど、頬が赤く染まって、目がきらきら輝いていた。やっぱり息子を愛していたのかな。それで、やつに向かってこう言ったんです。

《お願い、この子のためになにかしてやって、フィリップ》

母さんはやつと話すときはフィ、リップ、おれのことはオーギュ、ス、トって呼んでました。

やつは怒り狂って、大声をあげてね。

《こんな極道者に、なにをしてやれと言うんだ。こんなちんぴらに、こんな前科者に、こ、こ、こんな……》

そんな調子で、よくもまあ思いつくもんだと感心するくらい、いろんな名前で呼びやがった。

こっちはだんだんむかっ腹が立ってきたけど、母さんはおれにしゃべらせないで、やつにこう言ったんだ。

《それじゃあ、あなたはこの子が飢え死にしてもかまわないって言うの。わたしに

はなにも残してやるものがないのよ》

やつは動じることなく言い返しましたよ。

《ロゼット、毎年、わたしは三万五千フラン［約三千五百万円］の金をきみにあたえてきた。三十年このかただから、百万フラン以上になるはずだ。わたしのおかげで、金にも愛情にも不自由することなく生きてきた。幸福に暮らしてきたと言ってもいいだろう。こんなごろつきに、わたしはいかなる義務をも負ってはいない。われわれの最後の数年間を台なしにしたやつだ。こんなやつに何ひとつくれてやるものか。これ以上なにを言ってもむだだ。きみがそうしたいと望むのなら、男の名前を教えてやるがいい。残念だが、わたしの関知するところではない》

すると、母さんはおれのほうに向きなおった。内心、《いいぞ、これで本当の親父の名前がわかる……金持ならしめたもんだ……》って思ったんだ。

母さんはこう続けましてね。

《おまえの父親はヴィルボワ男爵という人なの。いまはヴィルボワ神父と名乗って、トゥーロンの近くのガランドゥというところで、司祭をしている。恋人だったんだけど、この人といっしょになるために別れたの》

そんな調子で、母さんは洗いざらい話してくれた。ただ、妊ったとき、あなたを騙したことだけはしゃべらなかったな。まったく、女ってのは本当のことを言ったためしがないんだから」

男はうす笑いを浮かべていた。図らずも、心のなかの汚れた部分があまさずさらけ出されているかのようだ。またワインを飲んでから、あいかわらず屈託のない顔でつづけた。

「二日……そう、二日後に母さんは亡くなった。あいつといっしょに、おれは墓場まで棺《ひつぎ》について行ったんだけど……どうです、滑稽じゃありませんか……あいつとおれがですよ……あと、召使が三人いたかな……まあ、せいぜいそんなところでね……やつはおいおい泣いていたっけ……おれたちは仲よくならんで……まるで本当の親子みたいだったな。

それから家へ戻ったんです。おれたちふたりだけでね。そのとき、ふとこう思ったんだ。《すかんぴんのままほっぽり出されてたまるもんか》ってね。手持の金は五十フランぽっち。なんとかひと泡吹かせてやるつもりだった。

そしたら、やつはおれの腕をつかんで言うんです。

《ちょっと話がある》ってね。

やつのあとについて書斎に入ると、やつは机のまえに坐り、涙を流しながらしどろもどろに語りだした。母さんにはああ言ったが、それほどおれに敵意を持っているわけではない、ただ、どうかあなたを、神父さんを困らせるようなまねだけはしてくれるなとね。《これは……われわれふたりの、きみとわたしとの問題だからね……》そう言って、千フラン札一枚……たったの千フランを……手わたされたんだけど……たかが千フランで、おれみたいな人間にいったいなにができるっていうんです？　そのとき、引き出しのなかにたんまり札束が入っているのが見えてね。そいつを目にしたとたん、短刀でひと突きしてやりたくなったな。おれはさしだされた札に手を伸ばしたんだけど、その施しを受けとるかわりに、やつに躍りかかって床におし倒した。そして、ぐいぐい首っ玉を締めあげたもんだから、やっこさん、気を失っちまいやがった。こんなふうに半殺しの目にあわせてから、猿ぐつわをかませ、縛りあげ、裸にして、床に転がしてやったんだな……あはは！……どうです、みごとあなたの敵討ちを

してやったってわけだ……」

フィリップ＝オーギュストは喜びに喉を詰まらせて咳《せ》きこんだ。陽気でしかも酷薄な印象をあたえるしわの刻まれた口もとに、ヴィルボワ神父はかつて自分が血道をあげた女のほほえみを見いだしていた。

「で、それから？」司祭はうながした。

「それからって……あはは！……暖炉のなかじゃ火がかっかと燃えてたっけ……十二月だったもんで……なにしろ寒くてね……死んじまったんです……母さんが……石炭がかっかと燃えていて……おれは火かき棒をとり……真っ赤に焼いて……で、そいつでやつの背中に十字を書いてやったんだな。八つだか十だか、よく数は憶えてないがね。それからやつをひっくり返して、腹にも同じだけ印をつけてやった。どうです、愉快じゃありませんか、父さん。むかしはそうやって囚人に印をつけたもんだ。やっこさん、鰻《うなぎ》みたいに身体をくねらせて、のたうちまわってたけど……なあに、猿ぐつわをかませて、大声をださないようにしてやった。それから金をいただいてね——札が十二枚――さっきのと合わせて十三枚になった……その数が不吉だったせいかな、つきに見放されちまったのは。ずらかるとき、召使にこう言ってやったんだ。伯爵は眠っておいでだから、夕食の時間まで起こさないようにってね。
なにしろ上院議員って肩書があるから、スキャンダルになるのを懼《おそ》れてなにも言わないだろうと高をくくっていたんだが、こいつが大まちがいだった。四日後、パリのレストランにいるところをとっ捕まっちまった。三年の懲役をくらいましたよ。もっと早く会いにこられなかったのは、まあ、そんなわけでね」

★

若者はなおも飲みつづけ、ろれつが怪しくなってきた。

「それはそうと……父さん……司祭の父さんよ……しかし滑稽じゃねえか、親父が司祭ときてるんだから……ははは、おとなしくしていたほうが身のためだ、おれさまにたいしちゃあな。見くびっちゃこまる……なにをするかわからねえぞ……あの老いぼれみてえな目に遭いたくなかったら……」

かつて自分を裏切った女にたいして逆上したときと同じ怒りが、この汚らわしい男をまえにして、ヴィルボワ神父の胸に込みあげてきた。

恥ずべき行為を告解室でこっそりささやかれたとき、神の御名においていくどもそれを赦《ゆる》してきたヴィルボワではあったが、わが身にかかわることでは情け容赦もなく、また、寛容で慈悲ぶかい神に救いをもとめる気もなかった。神の庇護によっても、人の庇護によっても、こうした悲惨な境遇にいる人間をこの世で救うことはできないとわかっていたからだ。

もちまえの激しやすい心と荒々しい気性は、聖職に就いているあいだに影をひそめていたものの、自分の息子であるこの卑劣な男をまえにして、どうにも抗しがたい憤激となって息を吹きかえした。男が自分に生き写しであり、またその母親にもそっくりであることがたまらなく腹立たしかった。あの下劣な母親は自分の同類をこの世に生みだしたのだ。さながら囚人の鉄玉のように、このならず者を父親の足もとに結びつけている運命への憤慨に堪えなかった。

突如として、ヴィルボワは悟った。なにもかもはっきりと見とおすことができた。心に衝撃を受けて、二十五年間の敬虔な眠りと平穏な生活から目ざめたのだ。

まずもってこのならず者をたじろがせ、震えあがらせるには、強い口調で話さねばならないととっさに思った。司祭は怒りに歯をくいしばり、相手が酔っていることも忘れて言った。

「気が済むまで話したようだから、こんどはこちらの言うことを聞くんだ。明日の朝、ここを出ていけ。これから住む土地を教えてやる。そして、わたしが命令するまでけっしてそこを離れるんじゃない。生活に必要な金なら出してやるが、こっちも金持ではないから、わずかな額だ。一度でも言いつけに背いてみろ、それでお終いだ。ただではおかぬからな……」

だいぶ酔いがまわっているとはいえ、フィリップ＝オーギュストはそれが脅し文句であることを理解した。とたんに悪党の本性が頭をもたげてきて、しゃっくりをしながら、こう悪態をついた。

「おやおや、父さんや、その手はくわねえぞ……あんた、司祭だろ……おとなしくおれの言うことを聞いてりゃいい……そうしたほうが身のためだぜ、ほかの連中と同じようにな」

神父はいきなり席を立った。年老いているとはいえ、ヘラクレスのような身体のなかに抗しがたい欲求が湧いてきた。この人でなしをとっ捕まえ、棒きれのようにへし折って、いやでも屈服しなければならないことを思い知らせてやる。

神父はテーブルを揺さぶり、それを相手の胸に突きあててどなった。

「いいか、気をつけてものを言え……怖いものなど何ひとつないんだ、このわたしにはな……」

酔っぱらった男は身体のバランスを失って、椅子の上でよろけた。このままでは椅子からころげ落ち、一方的にやられてしまうと思ったのか、男は凶悪な目つきで睨《にら》みつけ、テーブルクロスの上にころがっているナイフに手を伸ばした。ヴィルボワ神父はそれを見のがさず、力まかせにテーブルを押したので、息子はあおむけに床のうえに倒れた。ランプがころがって、明かりが消えた。

つかのま、グラスのぶつかり合う音がかすかに闇のなかに響いた。それから、床石の上をなにかが這《は》いまわるようなけはいがしたかと思うと、やがてあらゆる物音が絶えた。

ランプが壊れると、たちまちふたりは闇につつまれた。夜の闇はあまりにもすばやく唐突におとずれ、しかもめっぽう深かったので、ふたりはなにか恐ろしいできごとにでも遭遇したかのように茫然《ぼうぜん》としていた。酔っぱらった男は壁によりかかってうずくまりながら、じっとしていた。司祭も椅子に腰かけたまま闇に身を浸していると、しだいに怒りは薄れてきた。司祭を覆うヴェールのような闇は興奮を鎮め、憤怒《ふんぬ》を押しとどめた。そして、怒りとは異なるさまざまな思いが心に湧いてきた。闇のように黒々とした、陰鬱な思いが。

沈黙がたちこめた。ふさがれた墓穴のような深い沈黙で、生きているもの、呼吸しているもののけはいは何ひとつ感じられなかった。外からの物音も何ひとつ聞こえてこなかった。遠くを走る馬車の音も、犬の吠え声も、木々の枝のあいだや壁の上を渡る風の音も届きはしなかった。

そうした状態は長く、たいそう長く、おそらく一時間ほどつづいた。やがて、突然銅鑼が鳴った。ただ一度だけ、荒っぽく叩かれて、短く、大きな音をたてて鳴りひびいた。つづいて、なにかが倒れ、椅子がひっくり返るような、大きな物音がした。

聞き耳をたてていたマルグリットが駆けつけた。だが、ドアを開けたとたん、真っ暗闇に恐れをなして、思わず後ずさりした。それから身を震わせ、胸をどきどきさせながら、低い声であえぐように呼びかけた。

「司祭さま、司祭さま」

返事はなく、人の動くけはいもなかった。

《ああ、どうしよう》と女は思った。《ふたりはどうしたんだろう、なにがあったんだろう？》

部屋に足を踏みいれる勇気はなかったし、といって明かりをとりにひき返すこともできない。なんとしてもここを離れ、逃げだして大声で助けを求めようと思っているくせに、足が萎えてへなへなとその場に坐りこんでしまいそうだった。マルグリットはくり返した。

「司祭さま、司祭さま、わたしです、マルグリットですよ」

けれども、突然、恐怖におののきながらも、主人を救いたいという本能的な一念に駆られ、ときとして女たちに思いきった行動をとらせるあの女性特有の大胆さにあと押しされて、なけなしの勇気を絞りだした。女中は台所に駆けつけ、カンケ燈を持ってきた。

部屋の戸口で、マルグリットは立ち止まった。まず、浮浪者の姿が目に入った。壁ぎわに横たわって眠っていた。もしくは、眠っているように見えた。ついで壊れたランプと、テーブルの下に、ヴィルボワ神父の両足と、黒い靴下をはいた両方の脛《すね》が見えた。神父があおむけに倒れたとき、その頭が銅鑼にぶつかって鳴ったのにちがいない。

女中は胸をどきどきさせ、両手をわななかせながらくり返した。

「どうしよう、どうしよう。いったいなにがあったんだろう？」

おそるおそる前にすすんだところ、なにやらねっとりとしたものに足を滑らせて、あやうくころびそうになった。

そこで身をかがめると、赤い敷石の上に、やはり赤い液状のものが流れているのに気がついた。それは自分の足もとに広がり、ドアのほうにどんどん流れていく。血であることがわかった。

もうなにも見まいとして、女はランプを投げすて、無我夢中で逃げだした。村のほうにむかって野原を駆けだした。なんども木にぶつかり、悲鳴をあげながら、ひたすら遠方の明かりをめざして走った。

その鋭い叫び声は、夜の闇のなかを、梟《ふくろう》の不吉な鳴き声のように飛びかった。女はたえずわめき続けた。「マウファタンだ……マウファタン……マウファタン！……」

最初の人家にたどり着くと、なにごとかと思った男たちが出てきて、女をとりまいた。だが、女はひどくとり乱していて、まともに返答することができなかった。やっと司祭の別荘で不祥事が起こったことがわかり、男たちは武装して救援に駆けつけた。オリーヴ園の真ん中にある薔薇色に塗られた小さな別荘は、静まりかえった深い闇のなかで、黒く塗りつぶされて見分けがつかなかった。ひとつしかない窓の明かりが、さながら目を閉じたように消えてしまってから、別荘は暗闇にすっぽりのみ込まれて姿を消してしまっていたから、この土地の者でないかぎり見つけだすことはできなかった。

ほどなくして、樹木のあいだを縫って、いくつもの明かりが地を這うように家にむかって走った。干からびた草の上を長くのびた黄色い光がさまよっていた。動きまわるその光に、でこぼこだらけのオリーブの幹が照らしだされ、まるで怪物のように見えることもあれば、恐ろしい蛇が身をよじらせて絡みあっているように見えることもあった。遠くから届く光をあびて、突然、暗闇のなかになにやら白っぽいものがぼんやりと浮かびあがった。やがて、小さな別荘の低く四角い壁が、角燈に照らされて薔薇色に見えてきた。角燈を提げているのは数人の農夫で、ピストルをかまえた憲兵がふたり、村の駐在、それに村長がいっしょだった。マルグリットもいたが、気を失っているため、男たちにささえられていた。

開けはなたれたままの不気味な戸口のまえで、一同は一瞬ためらった。だが、憲兵班長が大型の角燈を手になかへ入っていったので、ほかの者もそれにつづいた。

女中の言ったとおりだった。いまや血は固まっていて、絨緞《じゅうたん》のように敷石を覆っている。浮浪者のところまで血は流れており、片足と片手が血に浸されていた。

父親と息子は眠っていた。ひとりは喉を切られて永遠の眠りについていたが、もうひとりは酔いつぶれて眠りこけていた。ふたりの憲兵は息子に躍りかかって、目をさますまえに手錠をかけた。息子は目をこすりながら、まだ酒で頭がぼんやりしていたせいか、茫然としていた。司祭の亡骸《なきがら》を目にすると、ぎょっとして、さっぱりわけがわからないといった顔つきだった。

「どうして逃げださなかったんだ?」村長が言った。

「酔いつぶれちまったからだろう」憲兵班長が応じた。

みんなは憲兵班長と同意見だった。ヴィルボワ神父は自殺したのかもしれないという考えは、だれの頭にも浮かばなかったからだ。

あだ花

L'INUTILE BEAUTÉ

I

みごとな黒馬を二頭つないだ瀟洒《しょうしゃ》な無蓋四輪馬車《ヴィクトリア》が、館の石段のまえに停《と》まっていた。六月の末、五時半ごろのことで、前庭を囲む建物のあいだから、明るく、暑く、晴れやかな空が顔をのぞかせている。

マスカレ伯爵夫人が石段に姿を現したのは、外出から戻った夫がちょうど表門にさしかかったときだった。一瞬、マスカレ伯爵は足を止めて妻を見た。伯爵の顔からいくらか血の気がひいたようだった。伯爵夫人はすらりとして、とても美しい女性だった。黄金色にかがやく象牙のような肌、灰色の大きな目、そして黒い髪。いくぶん丸みをおびた面長の顔には、なんともいえない気品がただよっている。夫には目もくれず、いることに気づいたようすすら見せずに、夫人はじつに優雅な身のこなしで馬車に乗りこんだ。それを見た伯爵は、ずっとまえから胸を苛《さいな》んでいるおぞましい嫉妬心がふたたびうずくのを感じた。伯爵は妻に歩みよって声をかけた。

「どこかへお出かけのようだね」

鼻先であしらうかのように、夫人はそっけなく応じた。

「ご覧のとおりよ」

「ブローニュの森へ？」

「ええ、そんなところ」

「いっしょに行ってもいいかな？」

「どうぞ、あなたの馬車ですもの」

妻の口調にさして驚きもせず、伯爵は馬車に乗りこんで夫人のわきに腰をおろすと、こう言いつけた。

「森《ボワ》へやってくれ」

御者のかたわらの席に、お仕着せをきた召使がとび乗った。いつもの癖で、二頭の馬は通りに出るまで首を上下に振りながら、前足で地面を蹴りつづけた。

夫妻は口をきくこともなく、並んで腰かけていた。夫は話のきっかけを探していたが、妻がいつまでもけわしい顔をしているので、なかなかきりだせずにいる。

しびれを切らした夫はこっそり手をのばし、偶然をよそおって伯爵夫人の手袋をはめた手に触れてみた。だが、夫人があまりにもすばやく、あまりにも不愉快そうに手をひっこめたので、ふだんは有無を言わさぬ態度で身勝手にふるまう夫も、さすがに不安になってきた。

夫は小声で呼びかけた。

「ガブリエル」

妻はまえをむいたまま応じた。

「なにかしら？」

「きょうはとてもきれいだ」

夫人は返事をせず、機嫌をそこねた女王のように、じっと座席にもたれていた。

いま、馬車はエトワール広場の凱旋門にむかって、シャンゼリゼ大通りをのぼっているところだ。この巨大な記念碑は、長い並木道の先で、赤く染まった空にとてつもなく大きなアーチをひろげている。夕陽は地平線に火の粉を撒《ま》きちらしながら、凱旋門の上におりてくるかのようだ。

馬車の長蛇の列が馬具やランプの銅製品、銀めっき、クリスタルガラスに夕陽をまばゆく反射させながら、ふた筋の流れとなって、それぞれブローニュの森と町中にむかっている。

マスカレ伯爵がふたたび口をひらいた。

「ねえ、ガブリエル」

こらえきれなくなった夫人は、いらだたしげに言った。

「ああ、どうかほうっておいてくださらない。馬車に乗っているときすら、ひとりっきりにしてもらえないなんて」

そのことばが耳に入らなかったかのように、伯爵はつづけた。

「きょうほどきみがきれいに見えたことはないよ」

とうとうがまんしきれなくなり、夫人は怒りをあらわにして言い返した。

「いまさらそう思われても手遅れです。はっきり申しあげますが、二度とあなたの思いどおりにはならないつもりですから」

妻のことばに伯爵は愕然とし、色を失ったが、もちまえの激しい気性が頭をもたげて、「どういうことだ?」と声を荒らげた。そのことばには、妻を愛する男よりも、粗暴な主人の本性がよく表れていた。

耳を聾《ろう》する車輪の音で召使たちに聞こえるはずはないものの、夫人は声をおとして夫のことばをくり返した。

「まあ！　どういうことだ、どういうことだって仰《おっしゃ》ったのね。どうやら化けの皮がはがれたようですけれど、では申しあげましょうか？」

「ああ」

「洗いざらい申しあげても？」

「ああ、かまわない」

「でしたら、残らず聞いていただきます。あなたの度しがたいエゴイズムの犠牲になって以来、胸につかえていたことを」

夫は驚きと腹立たしさで顔を赤らめ、にがりきってつぶやいた。

「いいだろう、言いなさい」

伯爵は背が高くて肩幅がひろく、りっぱな赤ひげをたくわえた、なかなかの美男子だった。社交界にも顔のきく紳士で、申し分のない夫、よき父親としても知られていた。

館を出てから初めて妻は夫のほうをむき、その顔を正面から見すえた。

「それでは、耳ざわりなことを申しあげるかもしれませんが、わたしはすっかり覚悟ができているし、どうなろうとかまいません。ですから、何ひとつ怖いものはないし、きょうは少しもあなたを恐れてはおりません」

伯爵はじっと妻の目をのぞき込んだ。早くも激しい怒りに身を震《ふる》わせて、こうつぶやいた。

「どうかしているぞ」

「いいえ、わたしはただ、十一年まえからあなたに押しつけられている、出産という耐えがたい責め苦から解放されたいだけなのです。これからは社交界の女として生きたいの。ほかの女性たちと同じように、わたしにだってそうする権利があるはずですから」

ふいに夫は顔を蒼《あお》くして、ぼそぼそと言った。

「よくわからないが」

「いいえ、おわかりのはずです。いちばん下の子を産んでから三カ月たちました。それでも、さっきあなたが石段のところでご覧になったように、まだわたしの美しさがそこなわれてはおらず、いくらあなたが骨をおっても、身体の線がほとんどくずれないものですから、近いうちにまた妊娠させてやろうという魂胆なのではありませんか」

「なにをばかなことを」

「いいえ。わたしは三十歳で、子どもが七人もいるのですよ。結婚して十一年になりますが、あと十年、あなたはこうしたことをつづけるおつもりでしょう。そうすれば、あなたのやきもちも止《や》むというわけね」

伯爵は妻の腕をつかみ、ぎゅっと締めつけた。

「もうおしまいにしよう、こんな話は」

「いいえ、最後まで聞いていただきます。申しあげたいことをすべて吐きだしてしまうまで。じゃまをなさったら、御者席の召使たちにも聞こえるように大声をあげますから。あなたをこの馬車に乗せたのも、そのためです。使用人の手まえ、あなたはわたしの話に耳をかたむけざるをえないし、手荒なまねもできないでしょう。では、申しあげましょう。以前から、あなたに親しみをおぼえたことはありません。といって、わたしは嘘をつけない性分《しょうぶん》ですので、そのことを隠しはしませんでした。あなたはいやがるわたしを無理やり妻に迎えました。大金持のあなたは、生活に困窮していたわたしの両親を強引にくどいて、わたしを妻にしたのです。両親に結婚を無理じいされたわたしは、泣く泣く承諾したのでした。

ですから、わたしはあなたに買われたようなものです。わたしはあなたの意のままになりました。あなたを慕ってよき伴侶となり、あなたに脅されたり強制されたりしたことも水に流し、貞淑な妻として、できるかぎりあなたを愛さなければならないと思いました。するとどうでしょう、たちまちあなたは嫉妬ぶかい夫になったではありませんか。スパイさながらの、下劣な、卑しい、だれよりも嫉妬ぶかい男になって、ご自分の品位をおとしたばかりか、わたしを侮辱したのです。結婚して八カ月もたたないうちから、わたしがあらゆる不貞をはたらいているのではないかと疑いだした。聞こえよがしにそう仰ったこともありましたね。まったく、なんて恥ずかしいことかしら！　わたしが美しく、人からもてはやされ、パリでも一、二をあらそう美人だとサロンや新聞でさわがれても、あなたにはどうすることもできなかったものだから、思いつくかぎりの手段をこうじて、男性の気をひかないようにしようとした。それで、おぞましいことを思いついたのです。わたしがどんな男からも敬遠される年齢になるまで、たえず孕《はら》ませておこうと。いいえ、ちがうとは言わせません。長いあいだ気がつかなかったけれど、ようやくわかりました。しかも、妹さんに自慢げに吹聴なさったとか。妹さんからそううかがいました。あのかたはわたしの味方で、あなたの紳士らしからぬ下劣なやりかたに憤慨しておりました。

そうそう、わたしたちが争ったときのことを憶《おぼ》えておいでですね？ ドアをうち破ったり、錠前をこじ開けたりなさったことを。十一年間、わたしはなんという生活を強いられたことでしょう。まるで種馬の飼育場に閉じこめられた、繁殖用の牝馬の生活ではありませんか。おまけにわたしが妊《みご》ると、あなたはわたしに嫌気がさして、何カ月も姿をお見せにならない。子どもを産むために、わたしは牧場のある田舎の館へ行かされました。それでも、わたしは若わかしく、きれいな、以前と変わらぬ姿で戻ってまいりました。あいかわらず魅力的で、人々から称讃の声をあびました。こんどこそ、若い、裕福な、社交界の女として暮らすことができそうだと思っていたところ、またもや、あなたはやきもちをやきはじめたのでした。そして、卑劣で、執念ぶかい嫉妬心でわたしを悩ませたのです。いまだって、わたしの横でやきもちをやいていらっしゃるのではありませんか。それはわたしを自分のものにしたいからではなく――そうならば、こちらも拒んだりはしなかった――わたしをぶざまな姿にしたいからなのです。

それぱかりではありません。どうしても理解しがたいことなので、気づくのにだいぶ時間がかかってしまいましたが、忌《い》まわしいことはまだあります(あなたの考えることやすることをそばで見ているうち、わたしはずいぶん察しがよくなったようです)。あなたが子どもたちをかわいがるのは、子どもがわたしのお腹にいるあいだ、あなたは安心しきっていられるからなのでしょう。子どもたちにたいするあなたの愛情は、わたしへの反感の裏返しのようなものなのです。けがらわしい不安が一時的におさまったものであり、わたしのお腹が大きくなるのを見る歓びに由来するものなのです。

ええ、あなたが内心喜んでいることを、ちゃんと見抜いておりました。目を見ればわかりましたし、態度でも察することができました。あなたが子どもたちを愛するのは、子どもたちがあなたの血をひいているからではなく、あなたの勝利の証《あかし》だからです。わたしへの、わたしの若さ、美しさ、魅力への、勝利の証。わたしのあびた讃辞、わたしの周囲でそっとささやかれた讃辞への、勝利の証なのです。あなたはそうした勝利に鼻高々で、子どもたちをつれ歩いて人に見せびらかすのでしょう。

無蓋四輪馬車《ブレーク》でブローニュの森へつれだしたり、モンモランシー[1]で驢馬《ろば》に乗せたりなさるのです。昼の部《マチネ》のお芝居につれていくのにしても、子どもたちに囲まれているところを人に見せ、《なんていいお父さまでしょう》と言われて、それをあちらこちらで宣伝してもらうためなのです……」

伯爵は乱暴に妻の手首をつかみ、ひどく締めつけた。妻は話をやめ、思わず悲鳴を洩《も》らした。

伯爵は声をおとして言った。

「わたしは子どもたちを愛している、わかっているはずだ！　きみはいま、母親として口にすべきではないことを言った。ともあれ、きみはわたしのものだし、わたしは主人だ……きみの主人だ……だから、いつでも、思いどおりのことをきみに要求できる……法律に照らしても……その権利がある」

たくましい大きな手で、伯爵は妻の指を握りつぶさんばかりに締めつけた。夫人は苦痛に蒼ざめ、激しく締めつけるこの万力のような手から、自分の手を引きぬこうともがいたができなかった。痛みで息がはずみ、目に涙がにじんだ。

「よくわかったかな、わたしが主人だということが」夫が言った。「それに、とうていかなわないということも」

夫がいくぶん力をゆるめると、ふたたび妻は言った。

「わたしを信心ぶかい女だと思っていらっしゃる?」

不意をつかれて、夫はつぶやくように言った。

「ああ、もちろん」

「わたしが神を信じていると?」

「もちろんだ」

「聖体をおさめてある祭壇をまえに、あなたに誓いをたてたうえで、わたしが嘘をつくことができるとお思いになりますか?」

「いや、思わないが」

「では、いっしょに教会へ行っていただきたいの」

「なんのために?」

「行けばわかります。よろしいですね?」

1　パリの北約十五キロのところにある町で、その北に森がひろがっている。

「いいとも、そうしたいと言うのなら」

夫人は大声で呼んだ。

「フィリップ」

御者は馬から目を離すことなく、いくらか首をかしげ、耳だけ女主人のほうにむけたようだった。夫人は言った。

「サン＝フィリップ＝デュ＝ルール教会[2]へやって」

ブローニュの森の入口にさしかかっていた馬車は、パリの町中にむかってひき返した。

それから夫婦はひとこともことばを交わさなかった。やがて馬車が教会の入口に停まると、マスカレ夫人は地面にとびおりて、なかに入っていった。そのすぐあとに伯爵もつづいた。

夫人は足を止めることなく内陣の柵のところまで進むと、椅子のそばにひざまずき、両手で顔を覆って祈りだした。祈りは長くつづいた。夫人のうしろに立って見まもっていた伯爵は、ようやく妻が泣いていることに気づいた。胸を刺すような深い悲しみに泣く女がそうであるように、夫人は声をあげずに泣いていた。身体をこきざみに震

わせているうちにかすかな嗚咽《おえつ》を洩らしたが、それすら口に手をあてておし殺している。

だが、そうした状態が少し長くつづきすぎると思ったのか、マスカレ伯爵は妻の肩に手をかけた。

まるでやけどでもしたかのように、夫人ははっとしてわれに返った。立ちあがると、夫の顔をまともに見すえて言った。

「あなたに申しあげておきたいことがあります。わたしに怖いものはありませんから、なにをなさろうとかまいません。わたしを殺したいと思ったら、そうなさったらいい。じつは、子どもたちのうちひとりは、ひとりだけは、あなたの子ではありません。いまお聞きになっている神さまのまえで、はっきりそう申しあげます。それが、あなたにたいしてなしうる、唯一の復讐でした。男として横暴のかぎりをつくしたことや、気のすすまぬ出産を無理やり課したことにたいする復讐でした。相手の男はだれだと訊《き》かれても、けっして教えるわけにはまいりません。男という男を疑ってみたらよろしいのです。まず、おわかりにはならないでしょう。愛情も歓びも感じることなく、ただあなたを裏切るために、わたしはその男に身をまかせました。そして、その人の子を宿したのです。どの子かって？　あなたにはけっしてわからないでしょう。なにしろ七人もの子どもがいるのです、探してみたらいかがかしら。このことはもっとあとで、ずっとあとになってから申しあげるつもりでした。夫を裏切っても、本人がそのことを知らなければ、復讐にはならないでしょう。きょう、こうしたうちあけ話をすることになったのも、もとはといえばあなたのせいです。申しあげることはこれだけです」

話し終わると、夫人は通りに面した、扉のあいている出口にむかって逃げだした。思わぬ挑発をうけた夫があとを追ってきて、路上に殴り倒されるのではないかと覚悟していた。

だが、なにもことばをかけられることなく、馬車にたどり着くことができた。苦悩に顔を引きつらせ、恐怖に息をはずませながら馬車にとび乗ると、夫人は大声で「館に戻って！」と御者に告げた。

二頭の馬は速歩《はやあし》で走りだした。

2　パリ八区、クールセル通りにある教会。

II

マスカレ伯爵夫人は部屋に閉じこもって、死刑囚が処刑の時を待つように夕食の時刻を待っていた。夫はどうするつもりだろう。もう戻っているだろうか。横暴で、気が短く、どんな乱暴なことでもしかねない夫は、なにをもくろんでいるのか。どんな準備を、どんな決心をしたのだろう。館のなかは静まりかえっていて、夫人は置時計の針を眺めてばかりいた。小間使が夕方の身づくろいにやって来たが、まもなく引きさがってしまった。

時計が八時を告げた。そのすぐあと、ドアが二度ノックされた。

「お入り」

給仕長が姿を現して言った。

「夕食のご用意ができました」

「伯爵は戻られましたか?」

「はい、奥さま。食堂においでです」

夫人は一瞬、小型ピストルをたずさえていこうかと考えた。いずれこうした事態になることを覚悟して、しばらくまえに買っておいたものだ。しかし、子どもたち全員が同席することを思い、気つけ薬の入った小瓶だけ持っていくことにした。

食堂に入ると、夫は自身の席のわきに立って待っていた。夫妻は軽くあいさつを交わして席についた。ついで、子どもたちが着席した。息子三人は教育係のマラン神父とともに母親の右手に、娘三人はイギリス人家庭教師のマドモワゼル・スミスとともに左手に坐った。生後三カ月の末の子だけは、乳母とともに部屋に残っていた。

三人の娘はいずれもブロンドだった。長女は十歳で、白いレースの飾りのついた青い服を着て、さながらかわいい人形のようだ。いちばん下の娘はまだ三歳にもなっていないが、娘たちの美しさは幼いながらも明らかであり、ゆくゆくは母親のような美人になるものと思われた。

息子三人のうち、ふたりは栗色の髪をしていて、九歳になる長男はすでに濃い褐色に変わっている。三人とも、大柄で肩幅のひろい、たくましい男になりそうだった。一家そろって強健で活発な、同じ血筋をひいているように見える。

客人がいないときのしきたりで、神父が食前の祈りをとなえた。来客のあるときには、子どもたちは食堂に出てくることがなかったからだ。それが済み、食事がはじまった。

予期していなかった心の乱れを感じて、夫人は顔をあげることができなかった。伯爵のほうは、息子三人と娘三人を交互に見くらべながら、不安げな目で一人ひとりの顔をおずおずとのぞき込んでいた。ふいに、伯爵は脚つきのグラスをまえに置こうとして割ってしまい、赤い液体がテーブルクロスの上にひろがった。その小さな物音に肝をつぶして、夫人は椅子から立ちあがった。そのとき、はじめて夫婦は顔を見合わせた。それ以降、目と目を合わせるたびに、ふたりは心と身体が痙攣《けいれん》するような思いをあじわったのであるが、にもかかわらず、あたかも銃口を向けあうように、たがいの顔に目を向けずにはいられなかった。

気まずい空気を感じとった神父は、その原因はわからないながらも、なんとか会話をもりあげようとした。いろいろな話題をもちだしてみたものの、その努力はみのらず、とうとう意見ひとつ、ことばひとつ引きだすこともかなわなかった。

伯爵夫人は、女らしい機転と、社交界の女性の直感をはたらかせて、いくどか神父にことばを返そうとしたのだが、とうとうできなかった。頭が混乱して、言うべきことばが見つからなかった。それに、銀の食器と皿のふれあう音だけがかすかにひびく静まりかえった広い食堂で、ことばを発するのがそら恐ろしく感じられたのだ。

いきなり、身をのりだすようにして夫が言った。

「ここで、子どもたちのまえで、さきほど言ったことが真実だと誓えるかね」

内にひめた憎悪が突然噴きだし、夫の視線に対抗していたときと同じくらい毅然とした態度で、夫人は応じた。両手をあげ、右手を息子たちの額に、左手を娘たちの額に向けて、気おくれすることなく、決然とした口調で言った。

「子どもたちの首にかけて、真実を申しあげたことを誓います」

夫は憤然とナプキンをテーブルに投げつけて席を立つと、うしろをふりむき、壁ぎわに椅子を押しやって、なにも言わずに出ていってしまった。

いっぽう、夫人はほっとため息をつき、はじめて勝利を得たあとのように、おだやかな声で言った。

「気にしなくていいのよ。パパはさっきとてもつらい目に遭ったの。それに、いろいろ心配ごともおありなのよ。二、三日もすれば、なんでもなくなるわ」

それから夫人は神父と、ついでマドモワゼル・スミスと話をした。子どもたち全員にやさしいことばをかけ、いろいろ世話をやき、母親らしい心づかいをしめして、気持をほぐしてやった。

食事が済むと、夫人は全員を客間につれていった。年長の子どもたちにはおしゃべりをさせ、歳下の子どもたちにはお話を聞かせてやった。寝る時刻になると、一人ひとりに長いキスをして寝室へ行かせてから、自室にひきあげた。

かならず夫がやってくると思い、夫人はじっと待った。子どもたちがそばにいないので、社交界の女性としての生命をまもったように、人間としての自身の命をまもらねばならないと決意した。数日まえに買った小型ピストルに弾をこめ、ドレスのポケットにしのばせた。

何時間かが過ぎ、いくどか時計が鳴った。館からあらゆる物音がとだえた。往来をとおる辻馬車の音だけが、壁布のむこうからおぼろげに、遠く、ここちよくひびいてくる。

いらだちを感じながらも、夫人は覚悟をきめて待っていた。もう夫が怖くないし、なにが起こっても平気で、ほとんど勝利をおさめたような気にすらなっていた。四六時中、しかもこの先ずっと、夫を苦しめる拷問を見つけたのだから。

しかし、カーテンの裾の房飾りのあいだから夜明けの光がさし込んできても、夫は現れなかった。茫然《ぼうぜん》として、ようやく夫は来ないのだと納得した。ドアに鍵をかけてから、さらに以前とりつけさせた安全ラッチをかけて、ようやくベッドに入った。目をあけたまましばらく考えてみたものの、これから夫がどう出るのかはさっぱりわからず、見当すらつかなかった。

お茶をはこんできた小間使が、夫からの手紙を手わたした。かなり長いあいだ旅に出ること、追伸に、生活に必要な金はすべて公証人から渡されることが記されていた。

Ⅲ

いま、オペラ座では『悪魔のロベール』[3]の幕間《まくあい》に入ったところだ。一階席の男たちは立ちあがって帽子をかぶり、大きく開いたチョッキから、金や宝石のボタンが光る

3　マイヤベーア（一七九一～一八六四年）が作曲、スクリーブ（一七九一～一八六一年）とドラビーニュ（一七九〇～一八六八年）が台本を担当したオペラで、一八三一年にパリのオペラ座で上演され、大成功をおさめた。

白いワイシャツをのぞかせながら、女性客でいっぱいのボックス席を眺めていた。真珠やダイヤで身を飾り、肩や胸もとをあらわにした女性たちは、まるで煌々《こうこう》と照らしだされた温室に咲きみだれる花のようだ。音楽と話し声がひびくなかで、美しい顔、つややかな肩が、いまにも花開こうとしているように見える。

友人どうしの男ふたりが、一階席に背をむけて話をしながら、この優雅を競うギャラリーをオペラグラスで眺めていた。さながらそれは、宝石と、豪奢と、うぬぼれと、真偽とりまぜた優美さの展示場といったところで、大劇場の内部に円形にひろがっている。

ふたりのうちのひとり、ロジェ・ド・サランが、連れのベルナール・グランダンに言った。

「おい、ちょっとマスカレ伯爵夫人を見てみろよ。あいかわらずきれいじゃないか」

そう言われて、グランダンは正面のボックス席にいる、背の高い女性にオペラグラスをむけた。見たところまだかなり若く、そのまばゆいばかりの美しさは、観客全員の視線をあつめずにはおかないように思えた。象牙のようにつややかで、抜けるように白い肌は、どことなく彫像のような風情を添え、夜の闇を思わせる黒い髪には、虹をかたどり、ダイヤモンドをちりばめた、薄い王冠型の髪飾りが銀河のようにきらめいている。

しばらく夫人を眺めてから、ベルナール・グランダンはおどけた口調ながら、大まじめに答えた。

「なるほど、じつにきれいだ」

「いま何歳ぐらいかな？」

「ちょっと待てよ、正確なところを教えてやる。彼女が子どもの時分から知っているんだ。社交界にデビューしたのは、まだほんの小娘のころだった。だから……たしか……三十……三十……三十六歳になる」

「ほんとうかい？」

「まちがいないさ」

「二十五くらいにしか見えないが」

「子どもが七人もいるんだ」

「信じられん」

「その七人がそろって元気でね、そりゃあもういい母親なんだ。たまに呼ばれて行くこともあるが、とても健全で、とてもおちついた、気持のいい家だよ。社交界に身を置きながら、りっぱに家庭をいとなんでいるんだから、珍しいことさ」

「なんだか妙だな、夫人の浮いた噂を耳にしたことは？」

「まったくない」

「だけど、夫のほうはどうなんだ？　変わった男らしいが」

「なんとも言えないな。夫婦のあいだで、ちょっとしたもめごとがあったらしい。夫婦げんかのたぐいだと思うが、だれもくわしい事情を知らない。まあ、おおよそのところは想像がつくがね」

「というと？」

「よくわからないがね。マスカレ伯爵はいまでこそたいへんな遊び人だが、以前は申し分のない夫だった。もっとも、よき夫であったころは、どうにもたまらない性格だったらしい。怒りっぽいうえに、気むずかしくてね。ところが放蕩をはじめてからは、なにごとにも無頓着になったそうだ。でも、なにか心配ごとか、悩みがあるんじゃないかな。なにか気に病んでいることがね。めっきり老けこんでしまったもの」

それからも、ふたりの友は秘められた、人知れぬ苦悩について、しばらく議論を戦わせた。はじめのうちは気づかなかった性格の相違、さもなければ生理的な嫌悪感が、家庭内にそうした苦悩を生みだすのではあるまいか。

さきほどからオペラグラスでマスカレ夫人を眺めていたロジェ・ド・サランが、また口をひらいた。

「信じられないな、あの女性が七人の子持とは」

「ああ、それも十一年のあいだに産んだんだ。三十歳にして繁殖期にピリオドをうって、かがやかしい社交期に入ったわけだが、どうやらこの時期はしばらくつづきそうだな」

「哀れなもんだな、女性というのは」

「どうしてそう気の毒がるんだ?」

「どうしてかって? まあ、考えてもみろよ。あんなに美しい女性が十一年間も子どもを産みつづけたんだぞ、まさに地獄じゃないか。若さも、美しさも、成功への希望も、華やかな生活についての詩的な理想も、なにもかも犠牲にして、あの生殖というおぞましい法則にしたがったんだ。ふつうの女性をたんに子どもを産むための機械に変えてしまう、あのおぞましい法則にね」

「しかたあるまい。それが自然というものなんだから」

「それはそうだが、ぼくに言わせれば、自然というのは人間の敵だ。われわれはいつも自然を相手に戦っていなければならない。自然はわれわれをたえず動物の状態にひき戻すからね。地上にあるもののなかで、汚《けが》れのない、きれいな、洗練された、完璧なものは、神の手によるものではあるまい。人間が、人間の頭脳が生みだしたものだ。ともあれ、万物のなかに、優雅さ、美、未知の魅力や神秘などを多少なりともつけ加えたのは、われわれ人間だ。詩人は万物を歌いあげ、解釈し、讃美することによって、芸術家はそれを理想化することによって、そして学者はそれを説明することによってね。もっとも、学者はよくまちがえる。まちがえはするが、驚異的な現象をうまく説明してくれるのさ。神は最初からいろんな病をしょい込んでいる粗悪な人間しかつくらなかった。人間たちは、動物のように数年間の成熟期をへて、年老いて衰えていくんだ。老衰期の醜態と無力さをことごとくさらけ出しながらね。神は、きたならしく生殖をおこない、それが済むと死んでいくものとして人間をつくった。夏の夜の蜉蝣《かげろう》みたいなものだ。《きたならしく生殖をおこなう》と言ったが、ぼくはつねづねそう思っている。まったく、生殖という卑猥で滑稽な行為ほど、醜悪でおぞましいものはないからな。そうした行為にたいして、高潔な心の持主ならだれしも反撥《はんぱつ》をおぼえてやまないだろう。しみったれで、腹黒い創造主によってつくりだされた器官は、どれもこれもふたつの用途をもっている。それならば、人間の務めのなかでもっとも崇高で、もっとも刺激的なあの使命を託すのに、どうして神はあんな不潔で汚らわしい器官をえらばねばならなかったのか。たとえば、口は栄養物をとり入れて身体をやしない、また、そこからことばや思考を放つ。肉体は口によって体力を回復するが、思考をつたえるのもやはりその口によるわけだ。鼻は生きるために欠かせない空気を肺に送りこむが、世界のあらゆる香気を脳につたえもする。花や、森や、木や、海の匂いをね。人間どうしのコミュニケーションを可能にする耳は、われわれに音楽を発明させ、音によって夢や、幸福や、無限や、さらには肉体的な快楽さえ生みだしたではないか。だが、陰険で恥知らずの創造主は、男女の出会いを気高く、美しい、理想的なものにしようとはしなかった。しかし、男は恋愛を発見した。皮肉屋の神への応酬としては悪くないな。しかも、男は恋愛を文学的な詩情で美しく飾りたてたものだから、しばしば女はどんな接触を強いられているか忘れてしまうというわけだ。男のなかには、興奮して自分を欺くことができない者もいる。こうした連中は悪行を思いついて、遊蕩を洗練させた。これだって、神の裏をかいて、美しいものに敬意を表するひとつのやりかたさ。まあ、みだらな敬意ではあるがね。もっとも、ふつうの人間は自然の法則にしたがって、つがいになった動物のように子どもをつくっている。あの夫人を見るがいい。あの宝石のような女性がだぞ、人から称讃され、祝福され、崇拝されるために美しく生まれついた真珠のような女性が、マスカレ伯爵の跡継《あとつぎ》をつくり出すために、人生の十一年間をもついやしたんだ。考えただけでもぞっとするじゃないか」

ベルナール・グランダンが笑いながら言った。

「きみの言っていることにはかなりの真実がふくまれているとは思うが、まあ理解できる人間はほとんどいないだろうな」

サランはますますいきおい込んでつづけた。

「ぼくが神をどう思っているかわかるかい。人間には窺《うかが》い知ることのできない、奇怪な造物機関だ。一匹の魚が海中にいくつもの卵を産みつけるように、神は無数の世界を虚空に撒きちらす。神は創造する。それが神の職務であるからだ。ところが、神は自分のつくり出すものについてはなにも知らない。愚かしいまでに多産ではあるが、みずからが撒きちらした種子によって生みだされた物の、あらゆる種類の組み合わせについては自覚していない。人間の思考は、神の生殖行為からたまたま生まれた、幸運な小事件だ。局地的で、つかのまの、予期しなかった偶発事なんだ。地球とともに消えてなくなる運命にあるが、あらたな組み合わせが永遠に反復されることによって、ここか、あるいはべつの場所で、なんらかの形で復活するかもしれない。われわれは、知性というこのちょっとした偶発事のおかげで、われわれのためにつくられてはいないこの世界で、とても不自由な思いをしている。この世界は、思考する生き物をうけいれ、住まわせ、やしない、満足させるようにはつくられていなかったからだ。われわれが真の洗練された文明人であるとすれば、いわゆる神のおぼしめしというやつとたえず戦わねばならないのも、まさにその知性のせいなのさ」

グランダンは注意ぶかく友の話に耳をかたむけていたが、以前からその奇抜な発想には驚かされていたので、思わずこう尋ねた。

「するときみは、人間の思考は神の盲目的な産出活動によって、自然発生的にもたらされたものだと考えているわけか？」

「もちろんだ。われわれの脳の中枢神経がひきおこした偶発的な作用だよ。あらたな物質の混合による思いがけない化学作用だとか、摩擦や予期しない物の接近によって電気が発生するのと同じことではないかな。あるいは、生命体のかぎりなく多産な発酵によってひきおこされる、あらゆる現象とね。

だって、そうだろう、自分の身のまわりを見まわしてみれば、いくらでもその証拠は見つかるからね。もし人間の思考が、創造主が自覚的に意図したものであり、もとから現在のようなものになるはずであったら、どうだろう。つまり、人間の思考は、動物の思考や忍従とはまったく異なり、要求が多く、探究心が旺盛で、不安と苦悩にみちたものだ。だとしたら、こんにちわれわれを受けいれている世界は、はたしてこんなちっぽけな、居心地のよくない、小動物を閉じこめておく囲いのようなものであったろうか。こんなサラダ用野菜の畑みたいなもの、森に囲まれ、球形で岩だらけの、こんな家庭菜園みたいなものであったろうか。先見の明のない神は、われわれがそうした場所で暮らすようにきめたのだ。われわれの兄弟である動物を殺してその肉を食べたり、太陽と雨のもとで成長した野菜を生のまま食べたりして、洞窟や木の下で裸で暮らすようにね。

とはいえ、ちょっと考えてみればわかるが、この世界はわれわれのような存在のためにつくられてはいない。思考はわれわれの脳細胞の神経に奇跡が起きて発生し、発展してきたが、いまのところ無力で、無知で、混乱している。今後もそうしたものであるかもしれないが、この思考こそが、われわれのような知的な存在をことごとく、地球上の哀れな、永遠の追放者にしているのさ。

この地球をとくと眺めてみたらいい。神がそこに住むものにあたえたままの姿でね。植物や森林が、もっぱら動物たちのために用意されたものであるのは明らかだ。われわれにはなにがあるかって？　なにもない。いっぽう、動物たちのためにはすべてがある。洞窟、樹木、葉の茂み、泉、ねぐら、それに食べ物や飲み物がね。だから、ぼくみたいな気むずかしい人間は、どうしても快適に暮らすことができないんだ。野獣にちかい連中だけが、楽しく、不満もなく生きていける。だが、詩人、繊細な人間、夢想家、探究心の旺盛な者、心配性の人はどうだ、じつに気の毒じゃないか！

言うまでもなく、ぼくだってキャベツや人参を食べる。玉葱《たまねぎ》、蕪《かぶ》、二十日大根《ラディッシュ》などもね。そうしたものを食べ慣れるように、それどころか、食べておいしいと感じるように強いられているからだし、ほかに口に入る作物もないからだ。しかしだな、雑草やクローバーが馬や牛の餌であるように、それらは兎《うさぎ》や山羊《やぎ》の食べ物じゃないか。小麦畑で刈り入れどきの穂を眺めていると、それが芽ばえたのは雀や雲雀《ひばり》がついばむためであって、ぼくの口に入るためではないとの思いを強くするな。だから、パンをかじれば小鳥たちの食べ物を盗むことになるし、鶏を食べれば鼬《いたち》や狐の獲物をかっさらうことになるわけだ。鶉《うずら》、鳩、岩鷓鴣《いわしゃこ》は、ほんらい鷂《はいたか》の獲物じゃないか。羊、獐《のろ》、それに牛は、肉食動物の餌となるべきものだ。われわれはそれらを肥え太らせ、焼いてトリュフを添えて食しているが、そのトリュフにしたって、もっぱらわれわれのために豚が地中から掘りだしてくれたものだからね。

しかし、この世界で生きていくために、動物たちはなにもする必要はないんだ。住むところも、食べるものもあるんだから、気楽なものさ。もっぱら本能にしたがって、草を食べたり、獲物を追いかけたり、たがいに殺しあったりしているだけでいい。神はおだやかな生活や平和な風習をまったく予想していなかった。生き物たちが躍起になって、たがいに滅ぼしあい、たがいに喰らいあって死んでいくことしか予想していなかったのだ。

そこへいくと、いやはや、われわれ人間はどうだ！　木の根と石ころだらけの大地をどうにか住めるものにするために、労働と、努力と、忍耐と、創意と、想像力と、産業と、才能と、天才を必要としたじゃないか。だが、われわれが自然に逆らい、自然に対抗してやってきたことを考えてみてくれ。たいして清潔でも、快適でも、優雅でもなく、とても自慢できそうにない、さえないやりかたでここに身をおちつけるためにやってきたことをね。

そのうえ、われわれが文明化し、知的になり、洗練されてくれば、ますますわれわれは動物的な本能を克服し、制御しなければならなくなる。人間の内部にひそむこの本能は、神の意志を反映しているものだからだ。

考えてみたまえ、われわれは文明を発明する必要があったんだ。靴下から電話にいたる、あらゆる種類のあらゆるものを含む、全文明をだ。毎日きみが目にしているもののすべてを、あらゆる面でわれわれに役立っているものすべてを考えてみるがいい。野獣どうぜんの境遇を改善するため、われわれはあらゆるものを発見し、あらゆるものをつくった。家を手はじめとして、おいしい食べ物、ソース、キャンディー、ケーキ、飲み物、リキュール、布地、衣服、装身具、ベッド、マットレス台、馬車、鉄道、それにさまざまな機械類だ。くわえて、科学や芸術、文字や韻文を発見した。

そう、われわれは芸術を、詩を、音楽を、絵画を創りだしたんだ。理想的なものだとか、人を魅惑するものは、ことごとくわれわれがつくったものさ。女の化粧にしても、男の才能にしてもね。そうしたもののおかげで、たんなる生殖者としての生活がいくぶん華やいで見え、さほど露骨でも、単調でも、苛酷《かこく》でもないように感じられるわけだ。われわれは、もっぱらその生殖者としての生活をおくるべく、神の摂理によって命をふき込まれたのだがね。

まあ、この劇場を見てみたまえ。ここには、われわれが創りだした人間世界がある。永遠の運命をつかさどる神が知りもせず、予想もしなかったものだ。われわれの精神だけが理解しうる世界だ。この、しゃれた、官能的で知的な娯楽は、不満と不安をもつ小動物である人間だけのために、人間だけによって発明されたのさ。

あの女性を、マスカレ夫人を見てみろよ。神は、裸で、もしくは動物の毛皮でもまとって洞窟で暮らすように、あの人をつくった。でも、いまのほうがあの人にはずっと似あっていないか？　そういえば、あの人のけだものみたいな亭主ときたら、あんなすばらしい伴侶がいながら突然その妻をほっぽりだして、淫売どもの尻を追いかけまわしたそうだから、わからんものだ。しかも、夫人を七度も母親にするという無礼をはたらいたあとでね」

グランダンが応じた。

「まあ、唯一の理由もそのへんにありそうだな。つまり、毎晩自宅で寝ると高くつくということにようやく気づいたんだろう。家計という見地から、きみが哲学者然と主張した原理と同じものに到達したわけだ」

最後の幕の開演が告げられた。ふたりの友は舞台のほうに向きなおり、帽子を脱いで、腰をおろした。

Ⅳ

オペラ座の公演のあと、マスカレ伯爵夫妻は箱型四輪馬車《クーペ》で帰途についた。ふたりは並んで腰かけたまま、ひとことも口をきかなかったが、ふいに夫が言った。

「ガブリエル」

「なにかしら？」

「もうたくさんだとは思わないか？」

「なんのこと?」

「きみが六年まえからつづけている、あの耐えがたい拷問のことだ」

「しかたありません。わたしにはどうしようもないことですから」

「いいかげん、どの子だか言ってくれないか?」

「いいえ」

「考えてもみてくれ。子どもたちの顔を見るたびに、いや、子どもたちのそばにいるだけでも、例の疑惑で胸が破裂しそうになる。どうかどの子だか教えてくれないか。誓って言うが、あやまちは赦《ゆる》すし、その子もほかの子と同じようにあつかうことにする」

「わたしには申しあげる資格がありません」

「わからないか、わたしはもうこうした生活には耐えられないのだ。あのことを考えるたびに身を苛まれるし、たえず同じ疑問を自分にぶつけなければならない。子どもたちを見るたびに、その疑問で心が掻きむしられるようだ。まったく、頭がおかしくなりそうだよ」

夫人は尋ねた。

「では、ずいぶん苦しまれたのね?」

「もちろんだ。だからこそ、きみのそばで暮らすおぞましさに耐えられなかったのだよ。もっとおぞましいのは、子どものひとりが自分の子ではないとわかっていながら、それをつきとめることができないために、ほかの子どもたちまで愛せなくなることだ」

夫人はくり返し訊いた。

「でしたら、ほんとうにひどく苦しまれたのね?」

感情を抑えた苦しげな声で、夫は答えた。

「だから、わたしにとっては耐えがたい拷問だといつも言っているじゃないか。そうでなければ、とっくに家に戻っていたよ。きみや子どもたちを愛していなければ、あのまま家にいて、いっしょに暮らしていた。まったく、とんでもない仕打をしてくれたものだ。かけがえのないものとして、わたしは心から子どもたちを愛している。きみもよくわかっているはずだ。子どもたちにとって、わたしは時代おくれの父親だろう。きみにとって、古くさい家庭の夫であったようにね。わたしは本能にしたがう、自然のままの、古いタイプの男なんだ。そうとも、白状するが、わたしはきみに猛烈にやきもちをやいた。きみがべつの種族の人間で、べつの心、べつの欲求を持っているからだ。ああ、きみに言われたことは、生涯忘れないだろう。もっとも、あの日からきみを気にかけないことにしたのだがね。きみを殺さなかったのは、そうしてしまえばわれわれの……いや、きみの子どもたちのうち、どの子がわたしの子ではないのか、知る手だてが永遠に失われてしまうからだ。わたしは待つことにした。だが、きみには信じられないほど、ひどく苦しんだよ。とても子どもたちを愛する気にはなれなくなった。まあ、上のふたりはべつにしてもね。子どもたちの顔を見たり、名前を呼んだり、キスしてやったりする気にもなれなくなった。子どものひとりを膝の上に抱きあげるたびに、《ひょっとしてこの子では？》と思ったものだ。この六年間、きみにたいしては礼儀ただしくしてきたし、やさしく、親切にすらしてきたつもりだ。どうか、ほんとうのことを言ってもらえないか。けっしてきみを困らせるようなまねはしないと約束する」

馬車の暗がりのなかで、妻が心を動かされているのがうすうす感じられた。伯爵は、ようやく妻が真情を明かすのではないかと思った。

「お願いだ、どうか……」

夫人は声をおとして言った。

「わたしは、あなたが思っていらっしゃるより、ずっと悪い女なのかもしれません。でも、無理でした。大きなお腹をかかえた、あのおぞましい生活をあれ以上つづけるのは。ベッドからあなたを追いはらうには、ほかに方法がありませんでした。神さまのまえで、わたしは嘘をつきました。子どもたちの首にかけて、嘘をついたのです。あなたを裏切ったことは一度もなかったのですから」

夫は暗闇のなかで妻の腕をつかみ、馬車でブローニュの森へでかけたあの恐ろしい日のようにぎゅっと締めつけて、小声で尋ねた。

「ほんとうかね？」

「ええ、まちがいありません」

だが、伯爵は不安に駆られて、うめくように言った。

「なんてことだ、疑いだしたらきりがない。いったい、どちらが嘘なんだ。以前話したことか、それともきょう話したことか？　いまとなっては、きみのことばを信じろというのが無理だ。あんなことがあったあとで、女など信じられるものか。どう考えたらいいか、もうわからなくなった。いっそ、《ジャックです》とか、《ジャンヌです》と言われたほうが、よっぽどましだった」

馬車が館の中庭に入った。石段のまえで停まると、伯爵が先におり、いつものように夫人に腕を貸して、石段をのぼった。

そして、二階にあがるとすぐ、伯爵は尋ねた。

「もうしばらく話をしてもいいかな？」

夫人は答えた。

「ええ」

夫妻は小さな客間に入った。召使がいくらか驚いた顔で、部屋のろうそくを点《とも》した。

ふたりきりになると、ふたたび夫が言った。

「どうしたら、ほんとうのことがわかる？　わたしは何度も教えてくれと頼んだ。しかし、きみはおし黙ったまま、なんとしても口をひらこうとせず、頑《かたくな》に心を閉ざしたままだった。それがきょうになって、あれは嘘だったと言うのかね？　六年ものあいだ、わたしはきみのことばを真《ま》にうけていたわけだ。いや、きみがきょう言ったことこそ、嘘なのかもしれない。なぜ嘘をつくのかわからないが、ひょっとしてわたしが気の毒になったというわけかな？」

夫人は真摯な、自信にみちたおももちで答えた。

「そうとでも言わなければ、この六年のあいだに、あと四人子どもを産んでいました」

夫は大声をあげた。

「それが母親として口にすべきことばか？」

「とんでもない、生まれてもいない子どもにたいして、母親の感情などもつことはできません。いまいる子どもたちの母親でじゅうぶんですし、あの子たちを心から愛してあげるだけでじゅうぶんです。わたしは、わたしたちは、文明世界の女なのですよ。わたしたちはもはや繁殖用のたんなる牝ではありませんし、いいかげんそうした役割は願いさげにしていただきたいものです」

夫人は立ちあがったが、夫がその手をつかんだ。

「では、ガブリエル、せめてほんとうのことだけでも教えてくれ」

「さきほど申しあげたとおりです。あなたを裏切ったことは一度もありません」

夫は正面から妻の顔を見つめた。じつに美しく、灰色の瞳が冷たい空を思わせた。黒い髪のなかで、闇夜のような漆黒の髪のなかで、ダイヤモンドをちりばめた王冠型の髪飾りが銀河のようにかがやいている。そのとき、伯爵はふと気づいた。自分のまえにいるのは、もはや種族をたもつ役目をになわされてきただけの女性ではないと、直観的に気づいたのである。何世紀にもわたって蓄積されてきた、あらゆる人間の複雑きわまりない願望が生みだした、風変わりで不可解な存在なのだ。われわれの願望は、神のさだめた当初の目的から逸脱し、おぼろげに見えはしても捉えることのできない、神秘的な美をめざしてさまよってきた。だからこそ、もっぱらわれわれの夢想のために開花する女たちがいるのだろう。観念的なぜいたく品である詩情、媚態、美的魅力といった、文明からあたえられたそうしたものをことごとく身につけた女性たちがいるのだろう。女性というこの生身の彫像は、われわれの官能的な情熱からだけではなく、われわれの精神的な欲望から生まれたものでもある。

おぼろげながらも、夫はようやくそうしたことに気づき、茫然として妻のまえに立ちつくしていた。かつての嫉妬の原因を漠然と探りあてた気がしたが、なにもかもよく理解できたわけではなかった。

ようやく伯爵は言った。

「きみのことばを信じるとしよう。いまきみが言ったことは、どうやら嘘ではなさそうだ。とはいえ、以前のきみはいつも嘘をついているような気がしたのだが」

夫人は手をさしだした。

「では、仲なおりいたしましょうか？」

夫はその手をとって接吻してから、こう言った。

「ああ、そうしよう。ありがとう、ガブリエル」

伯爵は妻の顔をじっと見つめていたが、やがて部屋を出ていった。いまなお妻の美貌がまったく衰えていないことに驚き、心のなかに不思議な感動が生まれるのを感じた。だがその感動は、あるいはかつての単純な愛情より、ずっと手ごわいものかもしれない。

解説

太田浩一

一八九二年一月、モーパッサンは南仏の別荘に滞在中、錯乱状態に陥って自殺をくわだてます。自殺は未遂に終わったものの、精神の病は深刻な症状を呈していて、ただちに急行列車でパリへと送られました。パリのリヨン駅では、友人、出版業者、報道陣など、多数の人々が待ちうけていましたが、モーパッサンは心身ともに衰弱が激しく、もはや誰ひとり見分けることができなかったとのことです。そのまま馬車でパッシーの病院へ運ばれると、窓に頑丈な金網の張られた部屋に収容されました。それからおよそ十八カ月後の一八九三年七月六日、モーパッサンはこの病院で短い生涯を閉じます。四十三歳の誕生日まで、一カ月を残すばかりでした。

本書は一八八六年から九〇年に発表された計八篇の中・短篇を収録しています。一八八五年ごろから、発表される中・短篇の数は減少の一途をたどり、九〇年にはわずか四篇にとどまっています。その一八九〇年の十一月二十三日、フローベールの記念碑の除幕式がルーアンでとり行われました。その日、エドモン・ド・ゴンクールは、モーパッサンとパリからルーアンにむかう列車に乗りあわせ、『日記』のなかで次のように記しています。「けさ、モーパッサンの顔色が悪いのには驚き入った。げっそりと頬がこけ、肌の色は煉瓦のようで、まるで芝居の老け役でも演じているかのようだ。おまけに病人のように目が据わっている。この先、とても長くは生きられないだろう」。モーパッサンには、もはや小説を手がける体力も意欲も、ほとんど残されてはいなかったようです。

モーパッサンの作家生活は、一八八〇年に発表した『脂肪の塊』によって本格的にスタートし、それからわずか十年のあいだしか続きませんでした。しかも、後半の五年間は心身に襲いかかる病魔との戦いのなかで営まれたものです。後半期の作家生活では、たしかに中・短篇の数こそめっきり減ってはいますが、生前刊行された六篇の長篇のうち、四篇がこの間に発表されたものであることを忘れてはならないでしょう。一八八七年に『モントリオル』、八八年に『ピエールとジャン』、八九年に『死のごとく強し』、そして九〇年には『わたしたちの心』が刊行されているのです。作家生活の長からぬことを予期したモーパッサンは、創作活動の重点を中・短篇から長篇へと移したというふうにも考えられます。

一八八六年以降に発表された中・短篇の数は、全部合わせてもおそらく六十数点で、最盛期の一年分にすぎません。けれども、作品を量産する時間も体力もすでに失われていることが、モーパッサンに素材やテーマを厳選させ、真に手がけてみたい作品へと向かわせたのではないでしょうか。この時期に発表された中・短篇には、作家生活の最後を飾るのにふさわしい秀作、問題作が少なくないように思います。

ラテン語問題 *La Question du latin*（一八八六年九月「ル・ゴーロワ」紙に掲載）

タイトルは、一八八五年に刊行されて論争をひきおこした、同名の書物に由来します。「ちかごろ、喧々囂々《けんけんごうごう》たる論議を巻きおこしている」と冒頭にあるように、この小説の発表された当時、中等教育における、ラテン語のような死語と現用言語との時間配分をめぐる議論が活発におこなわれていました。

いたずら好きな学生「ぼく」が、中年のラテン語教師（自習監督）と仲よくなり、ある「いたずら」をしかけます。軽い気持で、そのピクダン氏を近所の若い女工と交際するよう仕向けたのです。「自習監督」、もしくは「復習教師」という職業は今日では耳慣れないものですが、十九世紀の小説にはしばしば登場します。学問で身を立てることを志し、それなりの学業をおさめはしたものの、大学教授や高等中学の教師の職に就くことが叶わず、その補完的な立場に甘んじている人々です。ピクダン氏の場合はかなり悲惨な暮らしを送っていて、「ぼく」がいたずらをしかける気になったのも、あるいはその境遇にいくぶん同情をおぼえたせいかもしれません。

さて、そのいたずらが発端となって、ピクダンと相手の女性の仲は思わぬ進展をみせます。とはいっても、小説には意表を突く結末が用意されているわけではないし、気のきいたおちが待ちうけているわけでもありません。モーパッサンの短篇にあっては、そうした点がやや異色と言えるかもしれませんが、獅子文六の短篇を思わせる、軽妙にして、どことなく飄逸《ひょういつ》とした味わいのあるこうした小品も、捨てがたいものであるように思います。

オルラ *Le Horla*（一八八七年五月刊行の中・短篇集『オルラ』に収録）

モーパッサンの手がけた怪奇幻想譚のなかでも、とりわけ高い評価を得ている中篇小説です。この作品の原型となる同名の短篇が、前年「ル・ゴーロワ」紙に掲載されています。中篇に比べて圧倒的に分量が少ないのはもちろんですが、中篇が語り手「わたし」の日記の体裁をとっているのにたいして、短篇は病院に監禁中の患者の独白という形式で書かれています。つまり、短篇においては語り手は最初から「病的な観念に蝕《むしば》まれたある種の精神異常者」として設定されているわけです。

中篇の「わたし」はいくぶん神経過敏で、心身の不調と得体の知れない不安感に悩まされていますが、自身の精神に異常が生じていることを察知する判断力は持ちあわせています。そして不可解な現象に遭遇し、理解できない体験をするたびに、頭のなかで未知の精神障害が起こっているのかもしれないと考えます。また、精神障害についても、正しい認識を持っているように見うけられます。

> 精神に異常をきたした者を何人か見たことがある。そのなかには、ある一点を除けば、聡明で、頭脳明晰で、人生の諸事万端にわたって洞察力をそなえている者すらいた。あらゆることについて明快かつ柔軟に、深慮をもって語るのだが、ひとたびかれらの思念が狂気の暗礁に突きあたると、それは粉々に砕けちってしまう。《精神錯乱》と呼ばれる、怒濤と濃霧と疾風にみちた、あの荒れ狂う大海の

なかに沈んでしまうのだ。

とはいえ、「わたし」の身辺に起こる不可解なできごとはエスカレートするばかりです。それらが逐一「わたし」の目をとおして明晰につづられていくことによって、小説に独自の恐怖感がかもし出されているように思います。圧巻は、テーブルの上にある本のページがひとりでにめくれる場面です。「わたし」の椅子に腰かけ、目に見えない存在が「わたし」の本を読んでいる。「わたし」はそれをつかまえようとするのですが、相手は窓を開けて外に逃げだしてしまいます。目に見えない存在は、あらゆる点で人間にまさる未知の生き物で、ずっとそれに支配されていると思っている「わたし」にとっては、意外なできごとでした。「わたし」はそれを「オルラ」と呼び、それを始末することを決意して、ついに結末の惨劇へと至るのです。

人類がいままで知らなかった高等生物が人間界に侵入してくるという主題は、この作品とほぼ同時期に書かれた短篇の『火星人』などにも見られますが、『オルラ』のより重要な主題はドッペルゲンガー（分身）ではないでしょうか。モーパッサンの伝記のなかで、著者アルマン・ラヌーは、モーパッサンが友人の作家にこう語ったことを伝えています。「帰宅すると、二回に一回、ぼくは自分の分身を見るんだ。ドアを開けると、肘かけ椅子にぼくが坐っているのが見えるんだよ」。モーパッサンは、みずからの精神の病やそこから生じる幻覚をたくみに採りいれて、このユニークな怪奇幻想小説をつくりあげたのです。

離婚 *Divorce*（一八八八年二月「ジル・ブラース」紙に掲載）

ある弁護士の事務所に、もと公証人の男がやって来て、離婚訴訟の弁護を依頼します。離婚という制度は、もともとフランスではキリスト教の教義に反するものであるとして、認められていませんでした。フランス革命期に離婚は合法化されますが、王政復古時の一八一六年には禁止されてしまいます。ふたたび合法化されるには長い年月を要し、実際に離婚が可能になったのは、この小説が発表されるわずか二年ほどまえのことでした。『ラテン語問題』がそうでしたが、この短篇においてもやはり時局を反映した問題があつかわれているわけです。

さて、依頼人は公証人としてわびしい独身生活を送っているころ、ふと目にした新聞広告が脳裡から離れなくなったと語ります。「容姿端麗」な「良家の独身女性」が結婚相手を求める広告で、しかも二百五十万フランの持参金つき。それだけの金があれば、わびしく陰気な独身生活ともおさらばできると考え、男は一計を案じます。広告に応じる人物が現れたことにして、広告主に手紙を書き送ったのです。すると、五日後、公証人事務所に件《くだん》の女性が姿を現して……。『ラテン語問題』とは対照的に、小説はモーパッサンらしいおちで締めくくられています。

オトー父子 *Hautot père et fils*（一八八九年一月「レコー・ド・パリ」紙に掲載）

裕福な農場主オトーは七年まえに妻を亡くし、息子とふたりでノルマンディーの屋敷で暮らしています。狩猟の解禁日、息子や友人たちとつれだって狩りにでかけ、獲物を追って茂みに入ったとたん、猟銃が暴発して瀕死の重傷を負ってしまいます。死の床にあって、オトーは若い愛人を囲っていることを息子に告げ、後事を託して息を引きとります。

息子セザールは父親の埋葬を済ませると、その翌々日、父の言いつけに従い、ルーアンに住むその女性のもとを訪ねます。部屋に招じ入れられたセザールは、父親にゆかりのある品々と、おさない男の子の姿を目にしますが、それが自分の弟であることを知り、複雑な感情をおぼえます。動揺、とまどい、屈辱の入りまじるセザールの心情が、父の愛人カロリーヌ・ドネとことばを交わすうち、徐々に微妙な変化を遂げるさまが、心理描写を抑制したモーパッサンの絶妙な筆致で描かれています。

小説の終盤、パイプを忘れてきたセザールに、カロリーヌは戸棚から父親のパイプをとり出して、それをさしだします。かつて父親が坐っていた席に腰をおろし、父親のパイプで煙草を吸う息子の姿は、いずれその後釜に坐るであろうことを暗示しているかのようです。しかし、初期の作品によく見られる、冷淡でシニカルな調子は影をひそめ、あくまで登場人物の善意とやさしさを描くことに力点が置かれているように思えます。

ボワテル *Boitelle*（一八八九年一月「レコー・ド・パリ」紙に掲載）

アントワーヌ・ボワテルは、人の嫌がる汚れ仕事を一手にひきうけている男。その男の口から、実をむすばなかった苦い恋の想い出が語られます。

兵役についていたころ、ボワテルはル・アーヴルで黒人の娘を見そめます。娘はニューヨークの港を出た船に潜み、ル・アーヴルまでやって来たのです。娘は牡蠣《かき》売りの女に託されますが、やがて女は亡くなり、カフェの従業員として働いているときに、ボワテルの目にとまったのです。ボワテルは娘との結婚を望み、故郷の両親にひき合わせることにします。ル・アーヴルの駅でも、列車のなかでも、そして到着駅でも、ふたりは好奇の目にさらされます。「おやじとおふくろには、どうあっても逆らうわけにはいかない」。ボワテルは、なんとか両親の承諾をとりつけようとしますが、肌の色を理由に、ついに両親が首を縦に振ることはありませんでした。

モーパッサンとしては珍しく、人種差別を正面きってとりあげた作品です。また、結婚にたいする旧弊な偏見も批判の対象としているように見うけられます。とはいえ、作者はそうした点を強い口調で告発しているわけではありません。主人公の、諦念のにじんだ朴訥としたことばのうちに、かえって悲哀が色濃く現れているのではないでしょうか。

港 *Le Port*（一八八九年三月「レコー・ド・パリ」紙に掲載）

『脂肪の塊』『メゾン・テリエ』のように娼婦の登場する作品としては、これが最後のものです。舞台は港町のマルセイユ。長い航海を終え、マルセイユの港に戻ったセレスタン・デュクロは、上陸早々、仲間の船員とともに娼館を探して歓楽街を歩きまわります。「ベラミ」と名づけたヨットで地中海のクルージングを楽しんだモーパッサンにとって、マルセイユはなじみのある土地でした。また、一時は夜の街に頻繁に出入りしていたこともあって、歓楽街の描写はかなり精確なものであると言われています。

下水溝のように海にむかって下るうす暗い路地がいくつもあって、安酒場から吐きだされる息にも似た、重苦しい臭気がたちのぼっている。そうした路地を残らず歩きまわり、セレスタンはしばらく決めかねていたが、やがて曲がりくねった廊下のような路地に足を踏みいれた。家々の戸口の上には突き出た軒燈が点《とも》されていて、そのつや消しの色ガラスには大きな文字で番地が記されている。入口の狭いアーチ形屋根の下に、女中のようなエプロン姿の女たちが藁椅子に腰をおろしていた。

当時の娼館には看板や飾り窓はなく、軒燈に大きく記された番地によって、その存在をアピールしていました。エプロン姿の娼婦もおそらく実際に目にしたものかもしれません。

さて、デュクロは一軒のこぎれいな娼家に目をつけ、そこで仲間とともにどんちゃん騒ぎをしてから、敵娼《あいかた》をえらんでひと晩をともにします。相手の女と身の上話をするうち、なぜか女はセレスタン・デュクロの名を口にするのです……。

運命に翻弄され、知らぬうちに悲劇に遭遇する人間を描いたこの短篇は、娼婦の登場する作品のなかでも、ひときわ悲惨な印象を残します。

オリーヴ園 *Le Champ d'oliviers*（一八九〇年二月「ル・フィガロ」紙に連載）

最後の晩餐を終えたキリストは、オリーヴ山へ赴き、そこで神に最後の祈りをささげて説教したのち、逮捕されます。オリーヴはキリストの受難の象徴でもあるところから、この作品のタイトルは主人公ヴィルボワの受難とその悲劇的な運命を暗示しているように思えます。

プロヴァンス地方の小さな村の司祭であるヴィルボワには、秘められた過去がありました。名門の生まれで、両親から莫大な財産を相続したヴィルボワは、パリで青春を謳歌していたころ、若い女優と知り合ってはげしい恋に落ちます。家名も一門の名誉も捨てさり、女を妻に迎える覚悟でいたところ、女の裏切が発覚するのです。女は妊《みごも》っていましたが、怒りにわれを忘れたヴィルボワは、胎内の子もろとも女を押しつぶしてしまおうとします。生命の危機を感じた女は、お腹の子はヴィルボワの子ではなく、愛人の子であると告げます。忌まわしい子の父親でなかったことで、むしろヴィルボワの怒りは鎮まり、女と別れてパリの地を後にしたのでした。

ある日、みすぼらしい身なりの若い男が、ヴィルボワのもとを訪ねてきます。男は内ポケットから写真をとりだしますが、それは若き日のヴィルボワの写真でした。写真のヴィルボワと若い男は、まるで兄弟のようによく似ています。男はヴィルボワの息子だったのです。裏切った女は助かりたい一心で、思わず嘘を口にしたのでした。

ヴィルボワは息子をオリーヴの木々に囲まれた別荘に招じ入れ、料理とワインをふるまいます。初めて会う息子に最初は憐憫の情をおぼえたヴィルボワですが、息子の話しぶりや悪党めいた顔つきに、次第に不快感が募ってきます。そして、酔いがまわった息子は、自分のしでかした悪辣なふるまいの数々を得意げに語り、ついにはヴィルボワにたいする脅し文句まで口にしたとき、「かつて自分を裏切った女にたいして逆上したときと同じ怒り」がヴィルボワの胸に込みあげ、悲劇的な結末を迎えるのです。

結末といえば、新聞連載時のそれに修正がくわえられていることを申しそえておきましょう。小説の終わり二ページほどの箇所です。一八九〇年二月、「ル・フィガロ」紙に掲載されたものと比べると、およそ三分の二程度に短縮され、とりわけ息子フィリップ゠オーギュストが公開死刑に処される後日譚がカットされていることが目につきます。

物語の主要部分が限られた場所、限られた時間内に展開し、シンプルではあるが緊密な構成を有している点は、フランスの古典劇を連想させるものがあります。このような悲劇的な運命に翻弄される人間を描くのは、ラシーヌら古典劇作家の得意とするところでした。

あだ花 *L'Inutile Beauté*（一八九〇年四月「レコー・ド・パリ」紙に連載）

モーパッサンの作家生活の最後の時期に発表された中篇小説です。長篇『わたした

ち の心』とほぼ同時期に執筆されたせいか、両者のあいだには共通する点がいくつか見られます。まず、パリの社交界を主要舞台としていること、そして登場する男性が女性に翻弄されること、さらには男性に屈従しない新しいタイプの女性をヒロインに据えていることです。

この小説のヒロイン、マスカレ伯爵夫人は三十歳、結婚して十一年になりますが、七人もの子どもがいます。夫人のことばを借りれば、夫から十一年間、「出産という耐えがたい責め苦」を押しつけられてきたのです。ある日、夫人は夫のマスカレ伯爵にむかって驚くべき告白をします。七人の子どものうちのひとりは伯爵の子ではないこと、無理やり課された出産にたいする復讐として、夫以外の男に身をまかせたことをうちあけたのです。横暴で嫉妬ぶかい夫から報復を受けることを覚悟し、夫人は自室に閉じこもって、ピストルをしのばせて夫を待ちますが、夫はついに姿を現しません。翌朝、小間使からわたされた手紙によって、夫が長い旅に出たことを知ります。

小説は四章から成りますが、以上で二章が終了します。三章はオペラ座の幕間《まくあい》のシーンで、前章から六年の月日が経過しており、ボックス席にはマスカレ伯爵夫妻の姿があります。それを目にした上流階級の若い男ふたりの対話によって、この章のほとんどが占められています。男のひとり、ロジェ・ド・サランは、すべてを犠牲にして「生殖というおぞましい法則」にしたがったマスカレ伯爵夫人にたいする同情の念を口にします。そして、それを皮切に、自然、神、恋愛、文明等について、いささか脈絡を欠いた自説を延々と披瀝するのですが、小説の構成上、この章はどうしても不均衡の感を免れないようです。

四章は一章と同じように、馬車のなかでの夫婦の会話にその大部分が費やされています。伯爵は妻が「種族をたもつ役目をになわされてきただけの女性ではない」、新しい文明世界の女性であることにようやく気づき、ふたりのあいだに和解が成立します。とはいえ、男と女はそれぞれべつの心、べつの欲求をもち、べつの種族に属する生き物である以上、両者が真に理解しあえる日は永遠にやって来ないことが暗示されて、小説は幕を閉じます。

翻訳の底本には、次に掲げるルイ・フォレスティエ編のプレイヤード叢書版『中・短篇集』第二巻を使用しました。

Maupassant, *Contes et nouvelles* II, édition de Louis Forestier, Gallimard, 《Bibliothèque de la Pléiade》, 1979.

また、以下のマリ=クレール・バンカール編のクラシック・ガルニエ版作品集も随時参照しました。

Maupassant, *Boule de suif et autres contes normands*, édition de Marie-Claire Bancquart, Classiques Garnier, 1983.

Maupassant, *La Parure et autres contes parisiens*, édition de Marie-Claire Bancquart, Classiques Garnier, 1984.

Maupassant, *Le Horla et autres contes cruels et fantastiques*, édition de Marie-Claire Bancquart, Classiques Garnier, 1989.

なお、本書で使用した挿絵は、アルバン・ミシェル版『モーパッサン作品集』、およびオランドルフ版『モーパッサン全集』より借りたものです。

モーパッサン年譜

一八五〇年
八月五日、アンリ・ルネ・アルベール・ギィ・ド・モーパッサン、ディエップ近郊のミロメニルの城館にて誕生。父親のギュスターヴ・ド・モーパッサン（一八二一〜一九〇〇年）は貴族の出（ただし、貴族の称号を法的に獲得したのは結婚直前の一八四六年である）。母親のロール（一八二一〜一九〇三年）は、旧姓をル・ポワトヴァンといい、ブルジョワの家庭に生まれた。兄のアルフレッド・ル・ポワトヴァン（一八一六〜四八年）は詩人であり、兄妹そろって早くからギュスターヴ・フローベール（一八二一〜八〇年）と親交があった。

一八五三年　三歳
七月、セーヌ県知事にオスマンが就任し、ナポレオン三世の命を受けてパリ大改造に着手。

一八五四年　四歳
モーパッサン一家、フェカン近郊のグランヴィル＝イモヴィルの城館に転居。

一八五六年　六歳

五月一九日、弟エルヴェ誕生。

一八五七年　七歳

四月、フローベール、『ボヴァリー夫人』を出版。

六月、ボードレール（一八二一～六七年）、詩集『悪の華』を出版。

一八五九年　九歳

パリのリセ・ナポレオン（現在のアンリ四世校）に入学。

一八六〇年　一〇歳

両親の別居（二年後に正式離婚）。父親はパリに残り、ギィは母、弟とともに、エトルタのレ・ヴェルギー邸に住む。

一八六三年　一三歳

イヴトー（ルーアン北西の町）の神学校の寄宿生となる。このころより詩作を開始。なお、小泉八雲ことラフカディオ・ハーン（一八五〇～一九〇四年）も、同時期、この神学校に在籍したとの説もある。

一八六六年　一六歳

夏、エトルタの海で溺れかけたイギリスの詩人スウィンバーン（一八三七～一九〇九年）を救ったことから、親交を結ぶ。

一八六八年　一八歳

神学校を退学し、ルーアンのリセ・コルネイユに入学。フローベール、および詩人のルイ・ブイエ（一八二二～六九年）との交流が始まる。このふたりが文学上の師となる。

一八六九年　一九歳

七月、大学入学資格試験《バカロレア》に合格。

八月、エトルタの海岸で画家のクールベ（一八一九〜七七年）と出会う。

一〇月、パリ大学法学部に登録。

一一月、フローベール、『感情教育』を出版。

一八七〇年　二〇歳
七月、普仏戦争が勃発。召集兵となり、ルーアン、次いでパリに配属される。
九月、セダンの戦いでフランス軍が敗北し、第二帝政が崩壊。

一八七一年　二一歳
三月、パリ・コミューン宣言。

八月、ティエール、大統領に就任（第三共和政開始）。

九月、兵役解除となる。

一〇月、エミール・ゾラ（一八四〇〜一九〇二年）、「ルーゴン＝マッカール叢書」の第一巻『ルーゴン家の繁栄』を出版。

一八七二年　二二歳
一〇月、海軍省の無給臨時職員となる。

一八七三年　二三歳
二月、月給一二五フランが支給され、翌年より海軍省の正規職員となる。
夏、セーヌ川で、仲間たちとボート漕ぎ、水遊びに興じる。

一八七四年　二四歳
四月、第一回〈印象派展〉がパリで開催される。
パリのフローベール宅で、ゾラ、エドモン・ド・ゴンクール（一八二二〜九六年）などの自然主義作家と知り合う。

一八七五年　二五歳

二月、短篇小説『剝製の手』（ジョゼフ・プリュニエの筆名を使用）が初めて雑誌に掲載される。

四月、合作の艶笑劇『薔薇の葉陰で、トルコ館』を友人の画家のアトリエで上演。モーパッサン自身も娼婦役で出演。

詩人のステファヌ・マラルメ（一八四二～九八年）と知り合い、パリのローマ通りの家に出入りするようになる。

一八七六年　二六歳

雑誌「文芸共和国」に、ギィ・ド・ヴァルモンのペンネームで数篇の詩、および評論『ギュスターヴ・フローベール』を発表。

一八七七年　二七歳

一月、ゾラ、『居酒屋』を出版、大成功をおさめる。

一一月、短篇『聖水係の男』が「ラ・モザイク」誌に掲載。

一二月、長篇小説『女の一生』のプランを練る。

一八七八年　二八歳

九月、短篇『《冷たいココはいかが！》』が「ラ・モザイク」誌に掲載。

一二月、海軍省を辞任、公教育省へ移る。

一八七九年　二九歳

二月、喜劇『昔がたり』を第三フランス座（デジャゼ劇場）にて上演。

一二月、短篇『シモンのパパ』が「ラ・レフォルム」誌に掲載。

一八八〇年　三〇歳

三月、ゾラ、『ナナ』を出版、ベストセラーとなる。

四月、『脂肪の塊』を含む自然主義作家の小説集『メダンの夕べ』が刊行される。普仏戦争を共通のテーマとし、モーパッサンのほか、ゾラ、ジョリス＝カルル・ユイスマンス（一八四八～一九〇七年）、レオン・エニック（一八五一～一九三五年）、アンリ・セアール（一八五一～一九二四年）、ポール・アレクシス（一八四七～一九〇一年）の計六名の作品を収録している。『脂肪の塊』の成功により、待望の『詩集』をシャルパンティエ書店から出版。

五月八日、フローベール死去。

六月、公教育省に休職届を出し、文筆活動に専念。

秋、母親とともにコルシカ島旅行。

一八八一年　三一歳

五月、最初の中・短篇集『メゾン・テリエ』を刊行。

七月、「ル・ゴーロワ」紙の特派員として北アフリカ旅行に出発。

一八八二年　三二歳

四月、南フランスに滞在。

五月、中・短篇集『マドモワゼル・フィフィ』刊行。

執筆意欲は旺盛で、この年に発表した

中・短篇は六〇を超える。

一八八三年　三三歳

三月、短篇『宝石』が「ジル・ブラース」紙に掲載。

四月、長篇『女の一生』をアヴァール書店より刊行。三万部という驚異的な部数を記録し、一躍富と名声を得る。

六月、中・短篇集『山鷸《やましぎ》物語』刊行。

夏、エトルタの別荘完成。

一一月、中・短篇集『月光』刊行。フランソワ・タサール（一八五六～一九四九年）を召使として雇い入れる。以後一〇年間、タサールは忠実に仕え、モーパッサンを身近に知る人間として貴重な証言を多く残している。

一二月、カンヌに滞在。以後、定期的にくり返されることになる。

一八八四年　三四歳

一月、旅行記『太陽のもとへ』刊行。短篇『ローズ』が「ジル・ブラース」紙に掲載。

二月、短篇『雨傘』が「ル・ゴーロワ」紙に掲載。

三～四月、中篇『遺産』が「ラ・ヴィ・ミリテール」誌に掲載。

四月、中・短篇集『ミス・ハリエット』刊行。

五月、短篇『散歩』が「ジル・ブラース」紙に掲載。

六月、ベトナムの宗主権をめぐって清仏戦争がはじまる（～八五年六月）。

七月、短篇『痙攣《チック》』が「ル・ゴーロ

ワ」紙に掲載。中・短篇集『ロンドリ姉妹』刊行。

八月、ユイスマンス、『さかしま』を出版。

九月、短篇『持参金』が「ジル・ブラース」紙に掲載。

一〇月、中・短篇集『イヴェット』刊行。

一八八五年　三五歳

二月、眼病に悩まされる。

三月、短篇集『昼夜物語』刊行。短篇『車中にて』が「ジル・ブラース」紙に掲載。

四月、イタリア各地を旅行する。

五月、長篇『ベラミ』刊行。

五月二二日、ヴィクトル・ユゴー死去。

一二月、中・短篇集『パラン氏』刊行。

このころ、出入りしていたマリー・カーン夫人邸で若きマルセル・プルースト（一八七一～一九二二年）に出会う。

一八八六年　三六歳

一月、短篇集『トワーヌ』刊行。短篇『難破船』が「ル・ゴーロワ」紙に掲載。

一月一九日、弟エルヴェ結婚。

五月、中・短篇集『ロックの娘』刊行。

八月、短篇『悪魔』が「ル・ゴーロワ」紙に掲載。

九月、短篇『ラテン語問題』が「ル・ゴーロワ」紙に掲載。

一八八七年　三七歳

一月、長篇『モントリオル』刊行。

五月、中・短篇集『オルラ』刊行。

七月、パリからオランダまで気球で旅行。

八月、弟エルヴェ、精神に異常をきたし、医師の診察を受ける。

一〇月、北アフリカへ旅行。

一八八八年　三八歳

一月、長篇『ピエールとジャン』刊行。

二月、短篇『離婚』が「ジル・ブラース」紙に掲載。

六月、旅行記『水の上』刊行。

九月、偏頭痛に悩まされ、しばらくの間執筆活動を中断する。

一〇月、中・短篇集『ユソン夫人ご推薦の受賞者』刊行。

一一月、アルジェリア、チュニジアなどを旅行。

一八八九年　三九歳

一月、短篇『オトー父子』、短篇『ボワテル』が「レコー・ド・パリ」紙に掲載。

二月、中・短篇集『左手』刊行。

三月、短篇『港』が「レコー・ド・パリ」紙に掲載。

五月、長篇『死のごとく強し』刊行。

パリ万国博覧会開催。フランス革命一〇〇周年を記念し、万博会場にエッフェル塔が建設されたが、モーパッサンはこの新しい建造物を忌み嫌っていた。

一一月一三日、弟エルヴェ、入院先の病院で死去。

一八九〇年　四〇歳

病気と精神状態の悪化によって、この年の創作活動は低調。その反面、女性や旅行への情熱は衰えを見せていない。また、治療のため、プロンビエール＝レ＝バンやエクス＝レ＝バンなどの湯治場に赴いている。

二月、中篇『オリーヴ園』が「ル・フィガロ」紙に連載。

三月、旅行記『放浪生活』刊行。

四月、中篇『あだ花』が「レコー・ド・パリ」紙に連載。中・短篇集『あだ花』刊行。

六月、長篇『わたしたちの心』刊行。

一一月二三日、フローベールの記念碑の除幕式に参列するため、ゾラ、エドモン・ド・ゴンクールらとともにルーアンに赴く。

一八九一年　四一歳

三月、ジャック・ノルマン（一八四八～一九三一年）との合作劇『ミュゾット』をジムナーズ座で上演。

夏、療養のため各地の温泉場に赴くが、病状は悪化の一途をたどる。

一二月、もはや執筆活動はできない状態となり、遺言状を書く。

一八九二年　四二歳

一月、カンヌの別荘で自殺をくわだて、パリの精神科病院に送られる。

一八九三年

六月、ゾラ、「ルーゴン＝マッカール叢書」最終巻『パスカル博士』を出版。

七月六日、入院先の病院にて死去。死

因は進行性の神経梅毒と考えられている。八日、モンパルナス墓地に埋葬される。

訳者あとがき

本書は「モーパッサン傑作選」の第三巻です。当初、一年に一冊の刊行を目ざして開始したものの、全三巻が完結してみれば二年に一冊のペースで、ちょうど予定した倍の時間を要してしまったわけです。思わぬ雑事や急用が舞いこんでそちらにかまけてしまったこともありますが、収録作品の選定で予想以上に思いあぐねたことも原因であるようです。

このアンソロジーを編むうえで方針としたのは、第一巻のあとがきにも書きましたが、各巻に中篇の秀作を最低二篇はおさめることと、日ごろあまり目にする機会の多くない作品を積極的に採りいれることでした。まず、過去に自身の訳した作品も含めて、とりあえず候補となる中・短篇を数十点ほどリストアップしました。そして、現在、各社の文庫に収録されていて比較的入手の容易な作品については、なるべくそれらを除外するということも方針としていましたから、そこから相当数の作品をカットしたはずです。となると、候補作品の数はかなり絞られ、選定作業もだいぶ楽になるはずだったのですが、その見通しは甘かったようです。翻訳に着手する直前に気が変わったり、以前感銘をうけた作品を読み返しているうち、さほどいいと思えなくなったりしたこともしばしばありました。モーパッサンは総計三百点を超える、多種多彩な中・短篇小説を残しています。長らくそれらを愛読しているうち、自身の好みが以前と変わってしまったのかもしれません。たとえば、傑作として知られる『水の上』や『首かざり』にしても、いま読むと、結末に用意されているおちがいささか鼻につきます。その反面、本書に収録した『ラテン語問題』のように、あざとさを感じさせない、軽妙な小品になぜか惹かれるようになったようです。

さて、「傑作選」全三巻に収録した中・短篇は計二十四点です。この数字が多いのか少ないのかは自分でもよくわかりませんが、ともあれ、モーパッサンの本格的なアンソロジーを編むという長年の夢がかなったわけで、いまはただ望外の喜びを感じている次第です。

翻訳にさいしては、可能なかぎり既訳を参照しました。いまでこそ、モーパッサンの新訳の登場はごくまれになりましたが、「世界文学全集」の全盛時にはモーパッサンは常連の作家としてつねにそこに名を連ねていましたし、各社の文庫（といっても、いまほどその数は多くありませんでしたが）にはその主要作品が数多く収録されていました。翻訳者の顔ぶれも多彩で、名だたる翻訳者も少なくありません。既訳にはいろいろ学ぶべき点があり、多くの発見がありましたが、翻訳を手がける身として大きな刺激を受けたことがいちばんの収穫かもしれません。

翻訳と言えば、フランス語のアンテルプレタスィオン interprétation という語には、「解釈」と「演奏」の意味があるところから、ときとして翻訳者を演奏者に譬えてみたい誘惑に駆られます。大作曲家のモーパッサン先生が、ピアノソナタ『港』の楽譜をピアニストに手わたして、「さあ、存分に弾いてごらん」と言ったとします。原書をまえにしたときの翻訳者の心境は、そのときの演奏者のそれと似ているのではないでしょうか。

文学のテクストは楽譜とはちがって、そのまえに言語の壁が立ちはだかっています。しかし、テクストの一語一語の意味を精確にとらえることに拘泥して、原作者の意図を十全に反映していない翻訳、あるいは文学作品にふさわしからぬ日本語でなされた翻訳は、楽譜どおりではあるが作曲家の反感を買う演奏のようなものと言えないでしょうか。

翻訳にさいしては、原作に、というよりも原作者の精神に忠実であることを第一に心がけました。そして、原作者モーパッサンの納得を得られるような訳文を目ざしたのですが、こちらのほうはどうも心もとないというのが正直なところです。

前回にひきつづき、校閲部、ならびに光文社古典新訳文庫のスタッフの皆さまには、ひとかたならぬお世話になりました。とりわけ編集長の中町俊伸さんからは、懇切な助言・提言の数々をいただきました。記して感謝申しあげます。

二〇二〇年七月　コロナ禍のさなかにて

太田　浩一

本書中の短編「ボワテル」には、今日の観点からすると、明らかに黒人に対する侮蔑的・差別的表現が用いられています。「黒い小娘」「下着だって、ほかの者より汚れるんじゃないのかい、そんな肌だと?」「黒すぎるよ。まるで悪魔みたいだもの!」など、人種や民族、異なる肌の色への差別と偏見に基づく描写が繰り返されています。また、清掃など地域の衛生環境を保守する仕事を「汚れ仕事」と呼称するなどの表現もみられます。これらは本作が発表された一八八〇年代のフランスの社会状況と未熟な人権意識に基づくものですが、こうした時代背景とそれゆえに成立した物語を深く理解するため、編集部ではこれらの表現についても原文に忠実に翻訳することを心がけました。それが今日も続く人権侵害や差別問題を考える手かがりとなり、ひいては作品の歴史的・文学的価値を尊重することにつながると判断したものです。差別の助長を意図するものではないということをご理解ください。

黒人差別については二〇二〇年時点でも、アメリカで起きた警官の横暴な拘束による黒人男性死亡事件を発端に「#Black Lives Matter」運動が世界的に広がりを見せています。けっして過去の問題ではないことを、読者の皆様と共有したいと思います。

(編集部)

kobunsha classics
光文社古典新訳文庫

オルラ／オリーヴ園《えん》
モーパッサン傑作選

著者　モーパッサン
訳者　太田《おおた》 浩一《こういち》

2020年9月20日　初版第1刷発行

発行者　田邉浩司
印刷　新藤慶昌堂
製本　ナショナル製本

発行所　株式会社光文社
〒112-8011東京都文京区音羽1-16-6
電話　03（5395）8162（編集部）
03（5395）8116（書籍販売部）
03（5395）8125（業務部）
www.kobunsha.com

ISBN978-4-334-75431-0 Printed in Japan

いま、息をしている言葉で、もういちど古典を

長い年月をかけて世界中で読み継がれてきたのが古典です。奥の深い味わいある作品ばかりがそろっており、この「古典の森」に分け入ることは人生のもっとも大きな喜びであることに異論のある人はいないはずです。しかしながら、こんなに豊饒で魅力に満ちた古典を、なぜわたしたちはこれほどまで疎んじてきたのでしょうか。

ひとつには古臭い教養主義からの逃走だったのかもしれません。真面目に文学や思想を論じることは、ある種の権威化であるという思いから、その呪縛から逃れるために、教養そのものを否定しすぎてしまったのではないでしょうか。

いま、時代は大きな転換期を迎えています。まれに見るスピードで歴史が動いていくのを多くの人々が実感していると思います。

こんな時わたしたちを支え、導いてくれるものが古典なのです。「いま、息をしている言葉で」――光文社の古典新訳文庫は、さまよえる現代人の心の奥底まで届くような言葉で、古典を現代に蘇らせることを意図して創刊されました。気取らず、自由に、心の赴くままに、気軽に手に取って楽しめる古典作品を、新訳という光のもとに読者に届けていくこと。それがこの文庫の使命だとわたしたちは考えています。

光文社古典新訳文庫　好評既刊

脂肪の塊／ロンドリ姉妹 モーパッサン傑作選	モーパッサン 太田 浩一 訳	人間のもつ醜いエゴイズム、好色さを描いた「脂肪の塊」と、イタリア旅行で出会った娘との思い出を綴った「ロンドリ姉妹」。ほか初期作品から選んだ中・短篇集第1弾。（全10篇）
宝石／遺産 モーパッサン傑作選	モーパッサン 太田 浩一 訳	残された宝石類からやりくり上手の妻の秘密を知ることになる「宝石」。伯母の莫大な遺産相続の条件である子どもに恵まれない親子と夫婦を描く「遺産」など、傑作6篇を収録。
女の一生	モーパッサン 永田 千奈 訳	男爵家の一人娘に生まれ何不自由なく育ったジャンヌ。彼女にとって夢が次々と実現していくのが人生であるはずだったのだが……。過酷な現実を生きる女性をリアルに描いた傑作。
感情教育（上・下）	フローベール 太田 浩一 訳	二月革命前夜の19世紀パリ。人妻への一途な想いと高級娼婦との官能的恋愛の間で揺れる優柔不断な青年フレデリック。多感で夢見がちに生きる青年の姿を激動する時代と共に描いた傑作長篇。
三つの物語	フローベール 谷口亜沙子 訳	無学な召使いの一生を描く「素朴なひと」、聖人の数奇な運命を劇的に語る「聖ジュリアン伝」、サロメの伝説に基づく「ヘロディアス」。フローベールの最高傑作と称される短篇集。

★続刊

現代の英雄　レールモントフ／高橋知之・訳

カフカスの要塞に勤めるロシア人将校ペチョーリンは、現地民との間にトラブルを引き起こすなど、身勝手で不遜な人物であった。だが詳細に綴られた彼の手記からうかがえるその内面は意外なもので……。反逆精神に満ちたロシアの伝説的作家の代表作。

賢者ナータン　レッシング／丘沢静也・訳

舞台はエルサレム。最高権力者《スルタン》サラディンの恩赦を受けた若いテンプル騎士に養女を助けられたユダヤ人豪商ナータンが、サラディンから難問「三つの宗教のうちいずれが真の宗教か」を突きつけられる。18世紀ドイツの劇作家レッシングの代表作。

存在と時間8　ハイデガー／中山 元・訳

前巻では死に臨む存在としての現存在の決意性から、独自の時間概念を提示した。この巻では現存在の「誕生と死のあいだの時間」について歴史性と時間内部性という観点から考察し、ヘーゲルの時間概念も取り上げ、現存在の存在に迫る（最終巻）。